阿濃 著

信是有緣

阿濃短簡選

信是有緣——阿濃短簡選
作者／阿濃
策劃編輯／賴百樂
協力編輯／羅詠恩
美術設計／陳詩韻
插圖／白平
出版發行／突破出版社
香港沙田亞公角山路33號突破青年村
電話：2632 0000　傳真：2632 0388
電郵：breakthrough@breakthrough.org.hk
網址：http://www.breakthrough.org.hk
http://www.btproduct.com
承印／陽光（彩美）印刷有限公司
2021年6月初版1刷

Short Letters From A Nong
by A Nong
First Printing, First Edition, June 2021

Printed in Hong Kong
ISBN 978-988-8562-50-3

誠邀閣下就突破出版社的書籍發表意見

歡迎加入突破書籍 Facebook page—http://www.facebook.com/btbooks.page

本書採用環保油墨印刷

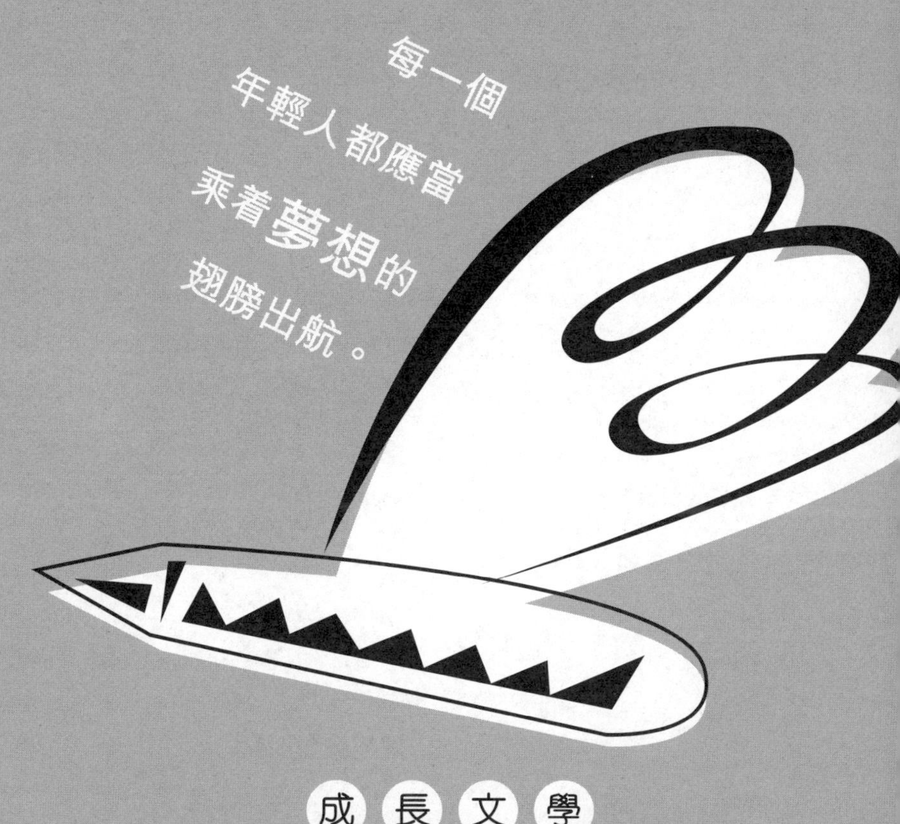

成長文學

目錄

愛情篇

婚姻篇

生活篇

工作篇

修養篇

智慧篇

新序 信是有緣

多年來，與讀者交流不斷，從紙張書寫到網絡，有曇花一現，神龍見首不見尾；有欲罷不能，一直保持談興。積累既多，其中部分重讀仍覺頗有意思，可引發思考，作生活的參謀。及後乃有兩本書信集《阿濃短簡》、《紙短情長》*的出版。

當年因他們偶然的衝動，以寫信結了文字緣；出版成書，進而也跟新的讀者重複結緣。兩書出版多年，應已停版。出版社可能覺得這類談生活談思想的書不多，決定將兩書合併，去其事過情遷者，由兩書原有共一百八十九篇減為九十三篇*。相信此書又能繼續結緣，緣起不滅。

取書名為《信是有緣——阿濃短簡選》，「信」字雙關，書信也，相信也。懇請金石大家陳風子老師鐫石一方，於讀友作筆墨通信時，蓋於信箋上，亦雅事也。

阿濃　二〇二〇年

*《阿濃短簡》、《紙短情長》：兩本書分別是一九九二年三月及九月出版。

* 除了選取九十三篇外，另有兩篇新加：〈善的存在〉、〈回郵〉。

原序　美麗的事

親愛的朋友：

從今天起，阿濃每日寫一封信，給你、給他、給認識和不認識的朋友。

寫信是一件美麗的事，面對漂亮的信箋，心裏想着朋友，一句句向他訴說。然後把滿紙的感情，藏進一個同樣漂亮的信封，緘口之後，寫上那個門牌，那條街，給郵票輕輕一吻，慎重地貼好，走一段短短的路，把它放進一個紅當當老老實實站在街角的郵筒。然後帶着美好的祝願回家，希望不久收到對方的回覆。

可惜的是這樣美麗的事，愈來愈少人肯做了。

我希望收到你給我的這般美麗的信，我定會小心地把它拆開，一行一行，一字一字的去讀，去咀嚼你向我表達的情意。

然後我也會鋪開我的信箋，讓我的心向你作出回應。

收不到信不要緊，反正我對許多朋友都有話説。就讓我把這美麗的事，帶頭一起做。

阿濃

緣起篇

收信的福氣

親愛的朋友：

我知道，有人連找一個可以用電話聊天的朋友也有困難，不要說互相通訊了。

如果不是分處兩地，又怎會寫信給父母、妻子、兒女？即使相隔萬里，也有即時可以聽到聲音的 IDD *。

找到一個可以收這樣的信的朋友已經是一種福氣，剛剛在尖東「拍拖」兩小時，回來又煲一個小時的電話粥，還會寫什麼情信麼？

這樣也好，就像中國的書法一般，分為應用的和藝術的兩類；信也可以這樣，除了公文式的信件和某個目的的私人信件之外，也該有一類不為什麼的藝術書信。那是在比較閒暇的時刻寫的，那是心靈的絮語，那是情感的凝聚，可長可短，無拘無束，可以今天寫一段，過幾天再續，可以圖文並茂，文字未能作最好的表達，用畫兒來補足。

常收到這樣的信更是一種喜樂。我慶幸有這樣的福氣和喜樂。

阿濃

* IDD：國際長途電話，英文全寫是 International Direct Dial，於七〇年代發明，指連接不同國家的電話。使用的媒介包括連接不同國家之間的海底電纜、人造衛星、無線電、光纖及寬頻網絡。二〇〇〇年後，透過網路進行語音通話逐漸普及，甚至無需費用，國際長途電話的市場大幅下降。

美麗物品

華：

身在異地，對你的思念轉殷。其實我們只是紙上朋友，素未謀面，因此大家是否同在一個城市，分別其實不大。

或許因為自己如今是遊客身分，經常有機會往賣紀念品的小店鑽，那裏有千百種可愛趣致的物事，都會使我想起：華會喜歡這個！華會欣賞這件！

可是只要看一看價錢，換算為港幣，購買的念頭便會自動打消。

你一直寄贈我雅致可愛的紙製小品，都是你親手製作，所費不多而情濃意厚。我要學習你的做法，於是已開始蒐集一些不花錢的印刷品，其中精品不少，到時剪剪貼貼，便成美麗的信箋，可以寫傳達心意的小柬。

這裏有一間售賣紙製品的專門店，從單張做摺紙手工的紙到立體的大大小小的盒子，美不勝收，你一定喜歡逛這樣的店，而且心靈手巧，一定可以偷師，甚至青出於藍。祝每一天都活得美麗！

阿濃

船正前行

阿濃：

給你寫封短簡相信是件頗有趣的事。

船正前行，這是從大嶼山往香港的途中，

坐在船尾，向外望，風和日麗，

白色的浪花從眼前滾動推前，頗為壯觀。

很難得有這樣欣喜的心境，望山、望海，

看浪花、看白雲，真開懷！

在銀礦灣沿海邊的行人徑漫步，

兩旁種滿花木，有紅有綠。

其中有一種樹的樹皮柔軟，且一層一層的包裹着，

也許名為「千層皮」，因為數不清究竟有多少層。

它的葉子細長，頗別致，

我想，如果撿起一頁把它送給你留念，

亦表示此刻思念之情，相信那是很有意思的。

漫步途中，有位當地人推着木頭車，

車上載滿了鴨子，木頭車推過後，

偶然發覺地上留下一片羽毛，雖然不算美觀。

把它拾起寄給你保存，也許是有趣的。

華於船上

同在

華：

你在船上寫的信已經收到，

連帶那「千層皮」的葉和一根鴨毛。

你竟不曾撕下千層中的一層是怕它痛麼？

可憐這種樹總是引人手多。

「千里送鵝毛，物輕情意重。」

銀礦灣的鴨毛分量也不少。

謝謝你在心情怡悅時想起了我，

讓我陪着你看浪花，看白雲一同開懷，

我知道原來我曾伴你在船上在海上，

還曾在那種滿花木的行人路上同行。

只要想起好朋友他便會與我們同在，

不問他當時在海角還是天涯。

就像此刻我燈下回信給你，

便好像你正微笑地看着我書寫。

今後你看到什麼美好的景致，

別忘了喊一聲我的名字。

當然，我也會這樣的喚你。

阿濃於燈下

善的存在

阿濃：

我今年二十八歲，其實二十五歲之後，我便開始感覺到自身角色的轉變，從「姐姐」一躍而成「姨姨」，那種異常彆扭的感覺，就仿如一覺醒來，自己由一個少年變成了一個成人似的。以前我以為自己有很充分的理由去憤世嫉俗，擁抱黑暗、嚮往墮落；如今回首看來，我不會説自己很傻，這是我成長當中平衡情緒的一個必須過程，不過，最近我開始認為，筆下的故事就算再黑暗，都必須帶着希望。當我開始思考希望的象徵時，我回想人生至今所接觸到的「人的善意」，你的臉孔，毫不意外地出現在我的眼前。

我上一封電郵説我是你的大「粉絲」，可能你會覺得有點言過其實，或許我應該修正一下，我曾經是你的大粉絲，但現在我對你的情感，是敬佩多於一切。能夠做到言行一致的人、能夠稱得上有修養、有度量的人、配得上

「善」這個字的人，寥寥無幾，能夠遇上一個，是榮幸。沒有這份善意，成為我行為最後的煞車，我大概已經成為一個罪犯，或瘋子。

每次當我說出心中的想法時，我都會覺得很為難，怕被人誤為矯情。或許這是出於我個人的自我滿足，但我真的很想告訴你，你的存在，你的善意，確確實實地影響了一個人，至少讓她相信了「善」是存在於世上的。

謝謝。祝願你跟夫人身體健康，生活愉快。

一葉

回郵

親愛的一葉：

謝謝你對我的稱許，我承受得起，也甚感安慰。這是比拿什麼文學獎更大的榮耀。

善的確存在世間，雖然在香港已幾乎無立足之地，起碼你心中有，你的電郵就是明證。

阿濃

（又：二十八歲是人生黃金歲月，三十而立，快了！）

孩兒臉

美芳：

那天在沙田大會堂的聯校地理展上碰見你，你認識我，是因為我曾到你的學校演講，於是你跟我打招呼，我隨口問了一句：「你讀中二麼？」這是根據你的樣貌所作的猜測，誰知你卻羞得逃走了。後來你再回來，不好意思地告訴我：你已經是中六預科生了。真是失敬啊！

昨天收到你的信，信上談及那天的事，你說讀中四時，人家常以為你讀中二，想不到升上中六，竟然還有同樣的誤會。不過你似乎接受了這一點，你說：「擁有一張中二的臉孔有什麼不好？難道『老老積積』好麼？」

青春期的孩子，很多都盼望自己早日長大，盼望自己的樣子看上去成熟一點，一些女孩子喜歡化妝，穿成人的衣物，男孩子留着唇上的汗毛不剃，冒充鬍子。不過這階段不長，他們很快就開始怕老，希望自己看上去年輕一些，因此，美芳你是得天獨厚啊！這世界對小孩總是比較仁愛和優待的，請享受你天生的稟賦！

阿濃

淡出

阿雅：

詫異地聽你説每天都寫日記，而日記上出現得最多的名字卻是我。

這本是我最大的榮幸，一個大朋友能夠在一個小朋友的心中佔有一席地，並且進入了他的生活，與他的喜怒哀樂結合在一起。

不過虛榮過後我感到惶恐，我問自己：憑什麼我佔有了這樣一個重要的位置？

我是這樣一個忙碌的人，連吃飯睡覺也沒有充分時間，寫信給遠方的孩子，也只能在他母親的信後面附上寥寥數句。我知道你渴望跟我談天，傾訴你的心事、煩惱、對人生的種種憂慮。我知道你比同年齡的同學早熟，在他們那裏你得不到安慰和解答，而每次跟我談心之後，感覺都是愉快的。

可是你歎息找我不易，而找到了也往往只能匆匆說幾分鐘，難怪你有機會跟我說電話，便擔心我會收線。

我衷心盼望你早日找到一位更適宜與你互訴心聲的朋友，讓阿濃在你的日記中淡出。

阿濃

薇的來信

阿濃：

自從母親離港，牆角門縫逐漸積聚了灰塵，每當我清理時，腦中便出現她幾乎俯伏在地，使用吸塵機打掃的樣子。感情竟像分裂的細胞，聚散多次而益發深厚。

花園廣場上快將有中樂團的表演，到時管弦絲竹縈繞在萬家燈火之間，該是一個良宵吧。可惜您太忙，音樂會舉行的時間又太晚，不能與您共享。

今天應朋友之邀，到赤柱一間靜修院參加他們的活動。在宗教方面我沒有什麼收穫，但是與其中幾位的一席話卻甚為難忘。他們覺得我的思想出奇的成熟，或許他們未見過我的全貌。

拉開盛載課外書的小吊櫃，都是我熟悉的好朋友，其中不少都是您寫的。我抱您的著作在懷，彷彿也抱着您的思想感情在懷，這時只想全世界的人都像您，那麼會有許多人愛我，也會有許多人愛其他的許多人了。

一週後您會往加國小遊，盼望您能在異地偷閒，能從容散步於彼邦的陽光下。

薇

停步

薇：

來信收到，細讀了不只一遍。

父母都不在身邊的寂寞，充溢在字裏行間，對友情的追求，也就顯得殷切了。

參加一些類似靜修的活動，益處之大，有時超乎我們的估計。我們難得把匆匆的腳步停下，舒適地坐下，對自己的過去作一番檢思；對自己的未來，來一次展望。我們還有機會和不同的心靈接觸，大家都難得地打開心扉。這接觸會引起互相感染激發，誰也不知道會引起怎樣的變化。這變化可以影響一個人的一生，以後的路可能就從那個晚上作出決定。

你的確比一般同齡的女孩成熟，這卻使我擔心：這樣的孩子往往並不大快樂。人生的快樂大致隨着年齡遞減，過早消失的少年期實在是一種損失。

為了兩個星期往異地偷閒，這些時趕稿趕得天昏地暗。寫作的樂趣是把真實的感情變成文字，這樣的硬擠已變成苦差，難得你的信及時出現，於是這裏有了兩篇真誠的對話。謝謝你的信給我的快樂！

阿濃

解憂小人兒

薇：

這個暑假，父母不在你身邊，當然特別寂寞。

我在港時，不時會給你一個電話，讓你可以跟朋友談談心事。所以當你知道我也會在假日外遊時，很有失落的感覺。

你叫我為你摘一片楓葉，從加國寄你，我當然會照做。可惜現在不是楓葉轉紅的季節，看上去少了一種經霜的味道。

和我們同來的女兒，在一間商場裏買了一份小玩意，那是一個小小的草織的盒子，裏面藏着六個小人兒。如果誰有什麼煩惱，可以把一個小人兒拿出來，將他放在一隻草織的小鞋上，默禱一番，那麼一覺醒來，煩惱便會消失。有多少個煩惱便請多少個小人兒出來，那就是說一天的煩惱不應多過六個。

我想：許多煩惱在經過一夜之後，往往會自動消失，至少程度會較為減輕，這並不是小人兒的功勞。當所有可以傾訴的人都不在身邊時，正是鍛煉自己的好時機，希望再見你時，能發現一張堅強自信的笑臉。

阿濃

叮嚀篇

把話說在前面

孩子：

有一件事目前還不曾到，但我想說在前面。

如今我們雖然已是所謂花甲之年，但還不至衰朽。我自己會駕駛，反應還相當敏捷；要到什麼地方去，甚至去看醫生，也毋須你們陪同；園子裏的勞動，我還可以應付；一些老人毛病如健忘、固執、懵懂都還不曾發生。

但隨着歲月的流逝，我們的健康將一天不如一天，除了氣力不繼之外，各種器官也會退化，除眼矇耳聾之外，最怕的是腦細胞的退化。

即使沒有患上老人癡呆症，年紀大了也有若干程度的癡呆。還有一樣可怕的是，說不定性情會變，本來寬容的可能變得苛刻，坦白的可能變得多疑，從容的可能變得急躁，不能不承認，有時真的十分「難頂」。

我擔心這種改變也屬於老人病，是不依人的意志為轉移的。如今我很清楚這樣的性情是不好的，但說不定我老了會變成這樣。

到那時候，還請你們多多包涵，多多原諒。

爸爸

高興

孩子：

這些時為父真的忙得可以，連信也不寫，只是在你母親的信後面加上幾句，聊以塞責，這是要請你原諒的。

今天收到你的來信，知道你利用空堂時間在學校做工，除了賺點零用之外，還可以廣交朋友。

你的工作是在電腦室裏擔任技術指導，一些班級比你高，知識比你強的同學，卻不一定熟悉電腦的運作，要你解答他們使用時的困難。

你說他們完成工作之後，常常向你握手致謝，說你幫了他們很大的忙。又說你的解釋比別人清楚，還想預早跟你約期，希望你下次可以再次幫他。

我們為你這樣的「本事」感到高興，覺得當日買了一部電腦給你玩，所花的錢沒有冤枉。而去年你辛辛苦苦把整副電腦運到那邊去，也並不是白花氣力。

我們同時為你的服務態度感到欣悅，你做家務不算勤力，但幫助別人一向熱心，而且耐心。繼續努力吧，要汲取經驗把工作做得更好！

爸爸

原諒

孩子：

我的朋友很多，敵人絕無僅有，其原因之一是我肯原諒別人。或許我會生氣幾天，但很快便會氣平，將對方原諒。 於是我們仍是朋友。

我原諒對我有誤解的人。要了解別人談何容易，我自己也一樣會誤解別人。我要做的是消除別人的誤解，或等待別人的了解，而不是把他當做敵人。

我原諒性格有缺點的人。他們或因善妒，或因急躁，或因小心眼，或因固執，或因其他毛病激怒了我。我會想：他性格上的缺點真是害他不淺，使他很容易成為悲劇人物，就讓我同情他吧。

我原諒因對政治、宗教、做事方法跟我不同而與我爭吵的人。他並非自私，也不是想害我，不同的人對事物有不同的看法，事屬平常。說不定有許多事情，我們看法一致，可以引為同道、同志，爭論過後就不要再放在心上。

我原諒因一念之差、一時軟弱做錯事的人，人即是人，難免有受不住引誘的時刻，給他機會改錯吧。

當我們原諒別人的時候，我們自己也立即從情緒苦結中釋放出來，感到無比的輕鬆。

爸爸

容人之量

孩子：

有些人心胸狹窄，不能容人，總要把人迫走，他才舒服，那些傾軋的行為，使人生厭。

心胸狹窄的人，在朝廷則傾軋其同僚，在機構則傾軋其同事，在家庭則傾軋其他成員，甚至駕車在馬路上行走，也容不得其他的車輛，或爬頭而過之，或鳴號而驅之，或貼近而壓之。

一個人心胸狹窄了，他的天地也就變得窘迫了。好像只能容得下他一個，其他的人都是他前進路上的阻礙，都想分薄他的利益，甚至是他的競爭對手，想把他吃掉。於是他的眼中充滿敵意，他滿身豎起硬刺，他對人呲牙咧嘴，他鬼祟地設下許多陷阱。

一個心胸寬廣的人，他的天地是遼闊的。他覺得世上的資源就像陽光、空氣，誰都可以使用，不因其他的人曬太陽和呼吸就少了自己的一份；世上的財富就像海水、清風，誰都可以享用，不因其他的人游泳和乘涼而有所不足。

心胸寬廣的人，對自己充滿信心，相信只要自己努力，這世間定有足夠的位置留給自己，而他們並無貪念，知道一個人所需要的有限，根本沒有爭的必要。

爸爸

別把自己當尺

孩子：

我發現你們有一個毛病，便是把自己當做一把尺，去量其他的人和其他人的行為。

符合你這把尺的，你們便認為是對的；跟你這把尺有距離的，你們便認為是錯的。

譬如人家對長輩比你們有禮貌，你們便說他「扮嘢」，做戲；人家跟上級關係較好，你們便認為他是擦鞋，博升級；人家信仰的宗教跟你們不同，便說人家是迷信；人家穿着比較保守，便說人家老套；人家反應較慢，便說人家「鈍胎」；人家表現熱情，便說他是單料銅煲*；人家不苟言笑，便指有意扮「酷」……總之只要跟你們不同，便沒有好評。

這世界有無數品類的生物與非生物，拿花來說，有的有香味，有的沒有；顏色也七彩紛呈，深淺各異。就拿有香味的來說，也是各種各樣，有濃有淡。我們不可以說只有那一種花兒才是好的，其餘都不該如此。

尊重別人，容忍別人，接納別人與我們的差異，別把自己當尺，你們開心，別人也開心。

爸爸

* 單料銅煲：指極薄的銅煲，歇後語是「一滾就熟」。「滾」在粵語有沸水和隨處玩樂的意思，諷刺與陌生人首次見面就像很熟絡。

壞性格

孩子：

不同於做戲，好人樣樣好，壞人樣樣壞。一般人的性格總難免好壞夾雜。今天我想列舉一些壞性格：

事情弄糟了，第一個反應便是怪責他人，都是你不好，他不好。既不反省自己有沒有責任，也不想辦法挽救或善後。

百彈齋主，專揀不好的講。別人有一百樣好，他不欣賞；別人有一樣不理想，他就絮絮叨叨說個不停。世上沒有一個人、一件事、一樣物件使他完全滿意。

全世界都要順他的意，稍有違逆便大發脾氣，給臉色人家看或表示退出。小至決定旅行地點，到哪裏吃飯都聽他的，大事更不用說。

欠缺主見，事事猶豫。老是拿不定主意，錯過了許多機會。今天答應了的，明天又反悔；上午才買的東西，下午又想去退貨。

非常固執，經常先入為主。他相信的事便是永遠真理。哪怕你證據確鑿，哪怕你說破了嘴皮，他根本不看不聽，又怎能改變他分毫。

小器妒忌，容不得人家比他好。很難使他開心，無端也會發脾氣，全世界都好像欠他的。

希望你謙虛地檢討一下，有則改之，無則加勉。

爸爸

隱藏的自卑

孩子：

明顯的自卑是畏縮、躲藏，説話期期艾艾，不敢正眼看人，做事沒有信心。

但另有隱藏的自卑，卻以不同的形式表現出來。

他們最喜歡吹毛求疵，批評別人，批評一切事物，從來不懂得欣賞和讚美。哪怕你拿書法家王羲之的字、畫家梵高的畫給他看，他們也可以説三道四，指出一些「毛病」和「缺點」。

尤其在許多人讚美之後，他們會冷冷地來幾句不以為然的「高見」，以示與眾不同。其實這種人的自卑深入骨髓，他們要靠踩低別人來挽救自己的沉淪。

這年代出現了許許多多追潮流、穿名牌的青年人，細看他們的背景，有些是破碎家庭（製造青少年自卑心態的重要原因之一），有些讀書成績較差，可是他們不顧一切打扮自己，有人以整個暑假做工賺的錢，全拿去買衫買鞋，目的只是吸引別人的目光，想用炫目的包裝來遮掩內心的空虛和自卑。

面對上述兩類自卑的人，我們少不免會生氣或看不順眼，但在了解他們的心理疾患之後，不妨以悲憫的心看待他們，卻要避免招惹他們。因為自卑者最受不起別人的「刺激」，惹上他必定死纏爛打，弄得你永無寧日。

有人在街上看人一眼便被人揍一頓，原因在此。

爸爸

能乎不能乎

孩子：

某先生介紹他對金錢的態度，我覺得很有意思。他的態度可以用三句話總括：

「賺你所能賺的，儲你所能儲的，給你所能給的。」

賺你所能賺的，便當盡力，不要懶散；但也不要勉強，既不要透支精力，也不要以旁門左道去賺錢。要在自己能力範圍之內積極進取。

儲你所能儲的，就不要胡亂花費，能儲一元便一元，不要因為少索性用掉；能儲一億便一億，不要因為多便揮霍。但也不要勉強去儲，弄得自己生活水平下降，吃沒得好吃，穿沒得好穿。

給你所能給的，就是在能力範圍之內有所付出，包括老老實實地報稅，歡歡喜喜地做善事，奉養雙親，培植兒女。但也不要勉強去給，充大頭鬼，打腫了臉充胖子，辛苦的還是自己。

這三句話着重的是一個「能」字。我們既要提高我們「能」的程度，把以為不能的變成能，又要有所限制，承認每個人都有所不能，而有所自律，絕不胡作妄為。

爸爸

朋友篇

「不孤」的歡喜

姬：

意外收到你的傳真，有意外的歡喜。

有些字看不清楚，參詳了好一會兒，結果還是有幾個不識。不過你毋須告知，讓它們成為謎，有空再拿出來猜猜。

信的意思卻是百分百懂得了的，頻率相同的人即使互相不說什麼，也知道對方的意思。

總覺得你和我還有若干為數不多的人，是每個時代的少數族類（但永不會絕種），他們散處不同的地方，不同的崗位，大家本來互不認識，偶然通過文字或其他藝術形式，起了心靈的共振。於是感到歡喜，一種很大的歡喜，有時甚至可以下淚，或許可以稱之為「吾道不孤」的歡喜吧。

你稱你的兩個孩子是「永遠的戀人」，我的四個永遠戀人都已長大，於是一一變成了單戀。不過這是意料中事，並沒有因此失望。

不敢奢望你時常傳來片紙隻字，因為你定比我忙碌。但當你覺得有什麼思緒可以分享，還請不要忘記這位只見過一面的「故人」。

阿濃

飯局

梅：

我不是一個貪吃的人，這個星期卻一連參加了三個飯局，可以說是逢請必到。

只因為知道座上客都是些耍筆桿的同行，那些已經認識的，大多很久不見了，正好藉此聚聚；那些還未認識的，卻大多已經拜讀過他們的大作，雖然不是個個「心儀已久」，卻多少還有點好奇心，想看看他們是否文如其人。

靜靜地看人是十分有趣的事，只要你不忙着滿場飛、派卡片、自我介紹，可以看得更多。

可以看到誰熱情坦率，風趣健談；誰從容自在，謙虛溫文；誰伉儷情深，出入必成雙成對；誰遊戲人間，製造歡笑氣氛。

大家都是成熟的人，出席是給主人家面子，因此政見容或不同，甚至打過筆戰，卻是懂得避過敏感的話題，談大家都感興趣的事。這種融融洽洽的場面，有助於文化界形成一種祥和之氣，因此，作東的主人家實在是值得我們致謝的。

阿濃

石貝的夢

石貝*：

從傳真機上收到你的信。

你說，一別四個月，好像是四年都過去了。還好，是度月如年，尚不是度日如年。其實這種感覺不一定因為日子難過，也可能是環境改變，所見、所聞、所面對的都極為新鮮、豐盛，每一天都堪記足記，時間因質量之提高而有數量增多之錯覺。

你說你昨晚做了一個夢，居然夢見我在慢條斯理地跟你們談天。這「慢條斯理」正是我說話的特點，想不到一樣在你夢中出現。

夢中還出現了何紫*，他也坐在我們中間。你說夢中的何紫依然是個大胖子，談笑風生，像沒事一樣。

一個人往往留給別人一個概括性的印象，當我們想起他時，就有那印象出現。我慢條斯理地談天，何紫胖胖的談笑風生都屬此類。謝謝你夢中還會想起我，更謝你安慰我失去摯友的悲傷。

聖誕你會去紐約，會見到杜良媞*，曾慧燕*，看展覽、看演出，願你有美好豐盛的「度日如年」感覺。

阿濃

* 石貝：於八十年代曾任《明報》編輯，著作頗豐，如《清風匝地》、《我的老闆金庸》等。

* 何紫：香港著名兒童文學作家，曾創辦山邊社，出版大量兒童及青少年讀物，一九九一年患癌離世。

* 杜良媞：台灣作家，曾任 TVB 編劇，在報刊發表散文及小說。作品收錄在散文集《七好新文集》。

* 曾慧燕：著名傳媒人，任職港台北美新聞界，八十年代曾當選「當年最佳記者」、「香港十大傑出青年」等殊榮。

重罰

某某：

你的來信沒有名字，可是這並不重要，因為你的信已傳達了一個對我來説很重要的信息：你是關心我的一位好朋友。

信上談到何紫先生的去世，然後你説：「提到文化人負荷太重，先生亦應多多珍重，不要寫太多專欄，要多點休息（此句用紅筆加線表示重要）。作為讀者，希望可以一直多年閱讀你的作品，記緊要減輕負荷，不要勉強自己，令自己太辛苦才好。」

信後還有一行附註：「不要識講唔識做，否則要重罰！」

是的，我已看到這個危機，所以我把文化人要善自珍攝的忠告寫在文字裏。而暫時，我的確是「識講唔識做」，有點像一部有了年紀的舊車，正載着重貨爬坡。

是的，這樣下去，遲早會受重罰——來自自然規律的重罰。謝謝你，親愛的某某，我會聽話的。

阿濃

「好悶呀！」

安：

聖誕節那天，我正忙着，你的電話來了：「好悶呀！」你在電話裏嚷。

多麼熟悉的聲音，我的孩子這樣嚷，我的學生這樣嚷，你也這樣嚷，同樣的語調，同樣的三個字。

我說放假也悶麼？你說就是因為放假才悶！

你說媽媽不許你無端去街，她自己卻有事上街去了，家中只剩下你一個。

你說本來有功課做的，可是聖誕節還做功課，似乎對不起自己。

你說本來可以煲電話粥的，可是你跟最要好的老友吵架了，這次吵得很厲害，連本來一同簽名而送給我的聖誕卡都撕爛了。你心裏是想和解的，要你採取主動，你卻覺得太「瘀」了。另外幾個同學卻又不在家，於是你只得跟我這個大朋友聊天了。可是我想跟你嚷一聲：「好忙呀！」不能跟你長談了，主動和解，正顯得你胸襟廣闊，寬宏大量，「瘀」什麼！

就把你的善意作為節日禮物送給你的老友吧！

阿濃

寥寥

晴：

今晚偶然聽到一個陌生的女歌手在電視上唱着一首陌生的歌。歌是用國語唱的，因此附有字幕。歌沒有唱完，就被截斷了，大概是兩個節目之間多出了一點時間，用來加插的。

可是我卻記住了其中一句，大意是：千萬人從我們身旁經過，只有幾個進入心底。

我能夠記住，是因為覺得這句話説得對。在我們的生命中，無數人迎面而來，擦身而過，那熙熙攘攘的路人不算，同學、同事、親戚、鄰居……細數也是一個不小的數目，可是能進入我們心的深處，使我們經常思念，恆久不忘的卻只有寥寥幾個。因此這寥寥也就特別值得珍惜了。幾個名字，幾個面容，此時從我心底清晰地顯現，晴，你正是其中一個。

毋須分析也不必考查，是何年何月何故，你我各自進入對方心中，因為那多數是不問情由無故而有緣。

今晚的這首歌使我心中升起了一股暖熱，我要對我心底的寥寥們好些好些再好些。

阿濃

踐約

J：

準時到達我們約晤的地點，你已在。

這是你一向的習慣，只有你早到等人，不會遲到讓別人等你，這在女性中是罕有的了。

忘記上次是何時見你的了，一年？兩年？時間過得飛快，不過你卻沒有什麼改變。

寒暄之後，我説很高興有這次見面的機會。在你遠行前夕，還記得我這個疏於來往的朋友。

你説大概是去年吧，我回了一張聖誕卡給你，卡上説有機會的話相約一談。你在心裏答應了，所以趁這離港前夕，來踐一年前的約。

我們談及許多事，許多人，我發現你的看法跟以前有很多不同的地方。後來我明白，這不是你改變了，而是一些事情、一些人有了改變，讓你看得比以前清楚了。

這是一次長談，因為我們都知道，來日難料，下次見面的日期、時間、地點，誰也估計不到。說不定而且很有可能，這是我們最後的一次晤談，一念及此又不覺黯然了。

阿濃

思念

何紫：

星期天的早上，我們舉行了一個思念你的聚會。

能來的好朋友都來了，不能來的還託人或親自表示了歉意。

我們重溫了你的聲音笑貌，把你再帶回我們中間。

認識你最早的朋友，回憶他們跟你一同辦兒童報的情形，那是差不多三十年前的事了。你家很窮，但這份工作只有使你繼續窮下去。可是你連待遇也沒有問，就認真地上班了。

就在那時，你認識了你的妻子，一個不嫌你窮的好女子，嫁給你，跟你廝守到最後一天。當時大家已經覺得有這樣一個女子愛你是你的福氣，大家沒有看錯。

你的愛女薇薇，在聚會中回憶了她至親至愛的父親。她是如此的堅強，如此的成熟，她似乎一下子大了許多，你應該為此感到安慰。

何紫，如你有靈該知道我們思念你是多麼深。

阿濃

愛情篇

短短片刻

敏敏：

那天你在電話裏告訴我，你正在寫小説。

我問：武俠？科幻？愛情？

一説到愛情，你吃吃的笑了。小丫頭，你今年才十五歲呢，憑什麼人生的體會寫愛情小説呢？

跟着你告訴我，是寫一次真實的經驗。噢，原來還是真的！

你説那是一個很漂亮的外國男子，從外地來的芭蕾男演員，你跟他曾同場演出，後來卻偶然在地鐵車廂裏單獨相遇了。

故事並沒有怎樣發展下去，只是一次邂逅罷了，可是那短短的片刻，卻在你心上留下深深的印記。

寫吧，你快把它寫下來吧，就寫那美麗的少女情懷，如詩的迷戀，如煙的悵惘。

雖然那路程只是十多二十分鐘，心裏卻像是經歷了半世，這印象還將伴你一生。

一份少年雜誌將以「成長」為主題，刊登少年人自己的故事，我想你的故事定會合用，我等着看呢！

阿濃

誰愛誰更多

韻：

你媽媽對你說：不要讓你的男朋友知道你愛他比他愛更多。

你媽媽的道理是：如果給他知道了，他會變得驕傲，變得有恃無恐，變得不那麼緊張你、不那麼將就你、愛你、寵你了！

這是你媽媽過來人的經驗，當然有她的道理。

可是你遺憾地說：可惜已經讓對方感覺到，你是不能失去他的了，你是今生今世只愛他一個的了，你問我如今該怎麼辦？有沒有需要故意疏遠他一下，冷淡他一下？

傻孩子，我問你一句：你做得到嗎？

恐怕只要一天聽不到他的聲音，看不到他的樣子，你就坐立不安，情緒低落了。

愛情貴乎率真，出自自然的言語、表情、動作、行為最美麗也最動人，太講究技巧，把戀愛變成一場心理戰、攻防戰，那是把愛降級了。媽媽的說話，也不一定要聽呢。

阿濃

放不下

冰：

你說為了考試，跟那男孩約定，這半個月內，大家不通電話，不見面。

可是才實行了三天，你已經情緒低落，老是想着他，溫書的進度很慢。

好幾次你拿起電話，撥了幾個號碼又放下，你知道他跟你一樣在讀書，你怕你破壞了承諾，會影響他對你的印象。

其實頭幾天是最難適應的階段，你已忍耐了三天，再下去便會比較容易。

不過我並不認為一定要這樣做，似乎你們還可以有更好的協定。

你們可以相約每天通話一次或兩次，每次不超過十分鐘。因為讀書也需要休息，與朋友聊天也是休息方式之一。有了這樣的通話，可以減輕你對他的思念，比較容易把精神集中下來。

假如居住的地方不遠，也可以相約一同用膳，反正吃飯的時間不能做什麼，利用來見面不算過分，對不對？

阿濃

濫情者缺乏真情

姍：

濫情的人總愛把自己比作賈寶玉*（或女性的賈寶玉），卻看不到賈寶玉泛愛之外的一份專一。

他可以在星期一跟他的愛人痛苦地分手之後，星期二又充滿愛的憧憬跟另一個異性開始了愛的新旅程。

同一時間只愛一個已經是濫情者之中的君子，見一個愛一個，同時跟幾個對象玩愛情遊戲，是他們的特色。

其實他們有時也很苦惱，因為往往分身乏術，滿足了這個便冷落了那個，要聽許多抱怨，要捱一陣陣的酸風妒雨。他們卻樂此不疲，並以此沾沾自喜。

濫情者其實缺乏真情，他們經驗豐富，長於愛情遊戲的技巧。不知就裏的異性很容易受到迷惑，但日子久了，終會發現，他能夠給的是花巧的包裝，內裏卻是既空且假，不能滿足任何一個要求真愛的人。

濫情的人把認識異性視為集郵，收集了一張又一張，存放起來，可以傲視同儕，尤其是其中如果有名男或名女，那就等於一些「珍郵」，更加值得誇耀了。

對濫情者最大的懲罰是人人對他有了認識，一個個離他而去，使他成為孤家寡人。加上歲月不饒人，時間在他身上留下許多印記，再非當年風流倜儻的樣子，想再玩一腳踏數船的感情遊戲，也沒有人肯陪他了。當看到別人幸福的家庭生活，亦有所感慨乎？

阿濃

* 賈寶玉：是《紅樓夢》中的主角，他不以世俗標準為生活準則。自小在女兒堆中長大，喜歡親近女性，討厭男人。他與林黛玉、薛寶釵三人，構成愛情與婚姻的悲劇。

滋味難受

阿濃：

我愛上了一個女孩子，可是我現在情況淒慘。

她美麗，活潑，大膽，我卻比較沉靜，內向。對於這樣的女孩子，我本來是不存幻想的，是她主動接近我，要我打電話給她，要我約她逛街，我跟她在一起時，的確十分快樂。

可是我漸漸發覺她不止有一個男朋友，有些是在我之前相識的，也有是在我之後結交的，她跟他們的態度都很親密隨便，而且她似乎無意隱瞞。

我也曾為此對她表示不滿，她說：「現在這時代，連結交異性朋友也要從一而終嗎？難道我沒有仔細選擇終身伴侶的權利麼？」

我問她有沒有考慮我的感受？我說當我見到她跟別的

男子單獨在一起時，那種滋味實在難受。她說我可以像她一樣，去多認識幾個異性朋友。她說她不願承受我給她的壓力和束縛，甚至暗示我如果不接受她對我的態度，可以隨時退出。當然我也曾試過，可恨我做不到。你說，我該如何？

煩惱的彼得 上

不再一對一

煩惱的彼得：

尋覓伴侶本該從愛開始，兩個人從萌生愛意到愛意漸濃，最後是談婚論嫁。

不過事情不一定如此順利，有時經歷三年五載，卻才發現對方並不適合自己，只得怏怏地分手。

於是尋覓伴侶的遊戲又得從頭來過。

可是一個人的青春有限，尤其是女孩子，怎可以一次又一次地浪費那三年五載的花樣年華。

聰明的男孩和女孩，汲取了自己或別人的教訓，把一對一的談愛方式，改變為一對若干同時並進。這樣，在一個告吹之後，另一個毋須從頭開始，時間上可以有所節省。

當然這種帶技術性的選擇伴侶方式，很難要求有什麼蝕骨銘心，生死與共的愛了。你的女朋友擺明了是用這種方式求偶，並且建議你也這樣做，在道德上，她不算犯了什麼錯。如果你能接受這種方式，你可以像立法局議員候選人一般，力爭勝利。如果你不想玩這樣的遊戲，就要下定決心揮慧劍斬情絲了。

阿濃

遲早不是你的

淑：

你的來信很不開心，因為他已離港往美國求學，此去起碼三年五載，你認為你們之間的一段情差不多是判了死刑。

他對你一直忽冷忽熱。好的時候呵護備至，又是巧克力又是鮮花；冷的時候可以整個星期沒有一個電話。

你又知道他的女友不少，光是來機場送行的已有半打。拍照時他跟她們攬腰挽臂，反而與你合照時保持了一定的距離。

我對你們之間的感情也不敢樂觀，那半打留港的女孩子可能遭遇相同。

客地寂寞，很難單憑信件和電話慰藉，或遲或早，會在那邊物色一個良伴。「惜取眼前人」常是異鄉遊子的心態，遠在香港的你，有什麼魅力使他恒久記憶？

如果你不是愛得發燒要追往美國去陪他，便得有心理準備，他遲早不是你的人。

阿濃

愈來愈「兇」

韻：

你說你的男朋友對你愈來愈「兇」，時常罵你，而且罵得很「長氣」。你有時生氣了不睬他，他也不主動來跟你講和，向你道歉。

你問：他是不是不像從前那麼愛你了？如果跟他結婚，婚後他會不會變得更「兇」。

韻，隨着關係的密切，他對你有較高的要求是很自然的事。這是想你好、想你進步的一種比較情急的表現。也因為你們的關係進展，他說話便不再像以前那般溫柔婉轉，這是把你當做最親的人了，希望你享受他的這種直率，這種關切，這種把你當做至親的感情。

從你的介紹中，知道他「囉嗦」你的，是關於你的學業，你的生活習慣，你的做人態度，雖然略為苛求了一點，也沒有照顧你身為女孩子的特點，但基本上他的意見是對的，也是為了你好。如果說他長氣，那很可能是因為你改得比較慢。會不會結婚後更「兇」？那也說不定，你在感謝之餘也提醒他注意態度吧。

阿濃

婚姻篇

大少爺

阿濃：

我也算是個大學生，只不過是在中國大陸畢業的，到香港來資歷不被承認，做了份低薪工作。我的丈夫一直在香港長大，讀書成績普通，沒有進過大學，他的工資也不高，只是略勝於我。

省吃儉用地過日子，我是甘願的。

可是我放工之後，要去街市買菜，回家煮飯，開桌子，飯後抹枱、洗碗，還要洗衣服、熨衣服，我那老公卻一直大少爺似的坐在那裏，看報紙、看電視、看錄影帶。叫他看看孩子的功課，不到五分鐘，便聽見他又喝又罵的，說孩子蠢，說孩子沒用，賭氣地自顧看他的報紙去了。

有時我也會請他幫着做點事，譬如飯後洗碗之類，他總是不耐煩地說：「放着吧，等會兒再做！」可是一等等到晚上十一點，那些碗呀、碟呀，依然原封不動，結果還是我忍不住拿去洗了。想不到我白天要工作，晚上還要做家庭女傭，你説我該拿他怎麼辦？

不平人

軟硬兼施

不平人：

來信説你的另一半是大少爺，上班回來什麼也不做；你卻又要出外做工，回來還要做家庭女傭，覺得不服氣，問我有什麼辦法對付他。

其實他之所以可以做大少爺，是你寵壞了他。

他答應了洗碗，不論那些碗碟放到什麼時候，你也別去幫他洗。最多是捱到第二餐，沒有乾淨的碗了，你跟他説:「現在等你把碗洗乾淨了才吃飯。」看他還推不推得了。

大家既是夫妻，又何必那麼客氣？他沒有耐心幫孩子溫習，你可以放下熨斗説：「讓我來教孩子，你來熨衣服吧。這件恤衫和這條西褲都是你明天上班要穿的。」如果他不熨，你就要硬着心腸，由得他第二天穿沒熨過的衣服上班。

大人跟小孩一樣，有時要用軟的，有時也要用硬的，毋須吵架，卻要柔中帶硬，硬中有軟，到他不得不盡他一份責任時，又不妨稱讚他幾句。希望你把這軟硬兼施的方法，運用到得心應手。

阿濃

反問

梅：

聽喬宏*夫婦談「夫婦之道」，有一些道理使我很受啟發。他們更把夫婦之道推前，談到了年輕人擇偶的態度，我覺得其中一點，很值得年輕朋友參考。

他們說：年輕人擇偶，只關心對方是不是適合自己。他的樣貌怎樣？性情怎樣？學問怎樣？職業怎樣？家庭背景怎樣？甚至連對方的高度也考慮到，看看與自己逛街時是否合襯。

可是喬宏夫婦認為，這些問題應該調轉來問，年輕人應該自己問自己：「我是不是適合對方？」

這樣就可從對方的角度考慮問題，不那麼自私和主觀。

當自己發覺有許多地方未符合對方的理想和要求的時候，看能不能努力改變一下，使自己變成對方較理想的另一半。

如果雙方都這麼想，將來的婚姻生活一定比較融洽和諧。因為不是唯我獨尊，強要把對方套入自己的模子。

阿濃

* 喬宏：香港著名演員，憑電影《女人四十》，獲得一九九六年香港電影金像獎最佳男主角。晚年他與太太小金子熱心傳揚福音，遺作是福音電影《天使之城》。一九九九年逝世，享年七十二歲。

家庭壓力

梅：

早過了《家》*、《春》*、《秋》*的時代了，青年人的愛情仍然有家庭壓力。

不要說只待合法年齡，到婚姻註冊處去拿張婚書，便誰也阻止不了，問題並不這樣簡單。

青年人，尤其是比較「乖」的一羣，是十分重視他與家人的關係的，他們要做孝順仔、孝順女，不想跟家人搞得不愉快。

可是老人家要反對一段姻緣的理由可以千奇百怪，相貌、職業、家世都有機會成為他們不喜歡的地方，而他們似乎不必考慮兒女的感受，一反對便什麼話都說得出口，什麼臉色都擺得出來，因為他們有一條自以為是的理由：為你好！

為了避免家人囉嗦和爭吵，戀人們只能在外面帶點偷偷摸摸的來往，這使其中一方感到委屈。

假如雙方的基礎堅實還好，基礎不穩而稍有裂縫，那家庭的破壞力便會發生作用，判了一段感情的死刑。看來《家》的時代並未完全過去。

阿濃

*《家》、《春》、《秋》：巴金小說，合稱《激流三部曲》。內容描寫青年人受到封建家庭的束縛，無法自由追求愛情。及後「家春秋」成為家庭束縛的代名詞。

惡果

嘉：

我們在溫哥華好友馬先生家作客，小家庭溫馨甜美，再加上這個花園城市的美麗環境，如生活於童話國中，使人羨煞。

但與馬先生伉儷閒談，得知這個城市離婚率竟高達百分之四十以上，卻又使我十分驚詫。

因為在我的印象中，這是一個很重視家庭生活的城市，家家把屋前屋後的園子，打理得花紅草綠；家中除客廳外，廚房很大，又有家庭室之設，讓一家人在火爐邊看電視，聽音樂、玩遊戲。而店舖商品中，家庭用品及食物種類均極豐盛。

再加上冬季天氣不佳，天黑得早，大家又沒有逛街的習慣，下班之後都趕着回家。大家應該都很重視家庭才是，卻為什麼有這許多破碎家庭呢？

馬先生伉儷認為這是西方近代思潮過分重視個人的惡果，家庭成員各自把自己的個性、喜惡、權利視為神聖不可侵犯，唯我獨尊的結果，再無忍讓、體諒，結果不得不趨於破裂。這現象實在值得我們深思。

阿濃

不嫁

蘭：

一個偶然的場合，聽見你説此生不會嫁人，有人以為你是説笑，但我相信你説得很認真。

你的母親有一段痛苦的婚姻經歷，你自小就看在眼裏，因此你對婚姻存有戒心。

以你的人品相貌，也不容易找到匹配的人，凡夫俗子怎會看在你的眼內，寧缺毋濫，倒是樂得逍遙。

我的人生經歷告訴我：結婚是好事，不結婚也是好事。上天似有意安排，你的所得與你的所失往往相等。

不結婚沒有夫婦之愛，兒女之情，卻是也沒有包袱，沒有障礙。賺的錢自己一個人用，是多麼的豐盛。

婚姻多少帶點賭博性質，賭輸了遺憾終身，獨身者是放棄賭這一鋪，雖然不會贏，卻起碼不會輸。

當你看見別人滿身兒女債，一世老婆（或丈夫）奴時，你會慶幸自己仍是閒雲野鶴之身，愛到哪裏飄泊便到哪裏，愛多晚睡便多晚睡，沒有人干涉，沒有人囉嗦。不過別忘了獨身者最重要的是友誼，讓朋友代替丈夫、妻子、兒女，何愁孤獨寂寞？

阿濃

日課

婉冰：

你說爸媽跟你講話的語氣總是那麼不耐煩，那裏面沒有絲毫的溫柔、體諒和關心。你懷疑他們對你究竟有多少親情？

其實這情形十分的普遍，我們對愈是關係密切的人態度，愈是粗枝大葉。

母親跟人家的孩子說話溫柔甜美，對自己的孩子卻是粗聲粗氣。結婚前男友多麼體貼關心，結婚後男友成為丈夫，便漸漸變得吹毛求疵、難以相處。

這不是虛偽、不是變心，而幾乎成為生活的常規。我們要學會微笑地看這一切，他對我這樣，正因為我們是父母子女兄弟姊妹恩愛夫妻，大家可以最坦白最直率最無掩飾地相處，不該計較不該生氣，也毋須懷疑。

當然我不鼓勵我們自己採取這樣的態度，我仍覺得至親的人也一樣要互相給予溫婉多情的話語，甜蜜真摯的笑容，親切的愛撫，熱烈的擁抱，不是偶然曇花一現，而是每天如斯的日課。

阿濃

籲請

梅：

兩個小孩自殺的事，使我悒鬱不樂。

不要説他們傻，不要罵他們蠢，發生這樣的事，總是説明了我們成年人對下一代的工作做得不夠好。

我不想怪他們的父母，他們已經很難過。我只想提醒家有青少年兒女的父母，請好好關心他們，不要只顧督促他們做功課，也要以同情、關切的態度幫他們解決煩惱。

我要籲請我的教育界同行：學校的老師和社工，多做點生活教育的工作，雖然會考*不考這一科。要讓他們知道人生的意義何在，活着究竟為了什麼？讓每一個學生在需要時都有傾訴對象，在以為無路可走時，讓他們看到前面柳暗花明又一村的美景。

我還要籲請各類傳媒工作者，通過你們的口，你們的筆，你們的鏡頭，教我們的下一代，多一點積極的東西，健康的東西，美善的東西，讓他們對人生多一點期盼，多一點承擔，多一點體悟，多一點快樂！

阿濃

* 香港中學會考：二〇一一年是最後一屆，後被香港中學文憑考試取代。

希能自愛

明仔：

前年的中秋前夕，你離開了我們；去年的中秋，以至今年的中秋都過去了，你仍未能回到我們身邊。

你的婆婆説過：「明仔年底便可以出來了。」後來又說：「明仔下個月便可以出來了。」還説你準備繼續求學，來我們的學校讀書。可是結果你還是不曾出來，因為你在裏面一次又一次的犯過，羈留期被延長了。

更使我心裏不舒服的，是你的弟弟因為行為問題被學校開除，也要送來我們這裏讀書。近日的表現卻是愈來愈差，在街上惹了許多的麻煩，被判往男童院作短期的羈留。

我知道父母都不會探望你們，他們甚至不知道你們發生了什麼事。只是辛苦了婆婆，仍要不停地為你們奔走。

希望你們不要把自己行為的錯失，怪父親、怪母親、怪一些不良的朋友，你們自己肯自愛一些，情況絕對不會這麼糟！請爭取早日釋放，把人生從頭來過。

阿濃

兩老爭吵

翠：

來信說家中兩老時常為小事齟齬，吵吵鬧鬧無日無之。更妙的是，他們似乎專等你們下班回來才吵鬧，像小孩爭寵似的，使你們尷尬難做，因此你們即使可以早點回家，也寧願在外面多逗留一會才回去，希望少受一點精神的折磨。

看過一個故事，說某老人院的兩個老頭時常爭吵，勢成水火，使院方十分頭痛。後來其中一個老頭死了，最感哀傷失落的竟是他的對頭人，因為再沒有人跟他舌劍唇槍，使他十分寂寞。

因此對兩老的吵架也毋須十分緊張，他們好好醜醜都共同生活了數十年，還有誰能比他們互相之間更了解的？吵還吵，關心還是一樣關心的。

如果說他們爭寵，是不是反映了你們對他們的關心不足夠呢？因為有所匱乏，才須要爭嘛！

或許他們的生活圈子太窄，日子過得太無聊，一些小事便會看不開，鬧起茶杯裏的風波來，鼓勵他們參加一些老人家的集體活動，該是有幫助的。

阿濃

生活篇

皮夾子裏的照片

綺：

謝謝你送我一個皮夾子。

皮夾子，真皮也好，假皮也好，總是貼身擺放的，而且往往放在接近心窩的地方。

大部分的皮夾子都有一層透明的膠片，讓擁有者擺放照片在裏面。

誰有這樣的榮幸被你放在貼近心窩的地方？

最先可能是母親的照片吧，世界上最愛你的人，你也十分的愛她。或許是一張全家福，爸媽和兄弟姊妹都在上面，一看便覺得溫馨。

終於有一天，你靜靜地換上了一幅異性的照片，你拿出來看的次數比從前任何時刻為多，你把家人的照片拿出來，多少也覺得有點內疚，但情之所鍾，也顧不得那麼多了。

可是他或她並不能長久佔有這寶貴的貼心地位，當你結婚生子之後，那愛情的結晶，愈看愈愛的心肝寶貝，便會代替了他父親或母親的位置。

經過若干年，照片可能換上一個戴四方帽的青年，但仍然是你的心肝寶貝。

再經過若干年，你又有了新的嬰兒照片，那是你的孫兒孫女。

最令我失望的，是當我看到青少年打開他們的皮夾子，照片上不是他的母親，不是他的父親，不是全家福，也不是他自己，卻是什麼「四大天王」*或某個並不認識他的女歌星。

你可猜到我會在皮夾子裏放上誰的照片？

阿濃

* 四大天王：九十年代初，香港最受歡迎的四位男歌手：張學友、劉德華、黎明、郭富城。

零食

梅：

炒栗子和煨番薯都當時得令，不愛吃零食的你少了許多情趣。

炒栗子最好是逐顆看着吃，因為一袋栗子往往有兩三顆是壞的，放進嘴裏嚼開才知道，已經滿嘴的怪味，太遲了。

煨番薯要揀裏外都鬆軟的，因此不要貪大，橫豎是論斤買的，細細長長的容易煨得透。

我家附近的一檔煨番薯，爐子上擱着一兩根橫截成兩段的番薯，看上去很熟很透，可惜吃進嘴裏卻比較淡，懷疑是先放在水裏煮熟了才拿來煨，甜味在煮的時候跑掉了一部分，因此便淡了。

從前在戲院門外賣的零食還有甘蔗，價錢便宜，一塊錢一根可以咬上老半天。散場時一地的蔗渣，掃地的職工最是皺眉，因此有貼出告示禁止携蔗入場的。

我已過了吃蔗的年紀，因為牙齒不好。牙齒好而不吃零食，那是辜負了一副好牙齒了。

阿濃

貓和我

琪琪：

你寄了你心肝寶貝的貓兒的照片來，還問我是不是愛貓之人？

是的，我曾經是愛貓之人。在寒冷的故鄉的冬夜，我家那隻貓待大家睡了，便咕嚕咕嚕的來到我枕邊，我會拉開帳子的一小角，放牠進來，鑽進被窩，大家一塊兒暖。直至睡在另一頭的爸媽發覺，把牠踢走。可是不到五分鐘，咕嚕咕嚕的聲音又會在我耳畔響起。

每天我放學回家，牠總躲在花兒草兒的後面，忽地跳出來，捧着我的腳假裝着咬。

家裏不再養貓，是在一隻隻貓兒不得善終之後，免掉傷心，卻也免掉麻煩。

有時在街上看見被遺棄的小貓，咪咪地叫着跟你走幾步，渴望着收容，卻總是硬着心腸離牠們而去。

如今偶爾見人家養的貓兒，坐的姿態優美，兩腳整齊地擺放着，總忍不住招呼牠們一聲，牠們卻總是驕傲地愛理不理，我並不失望，貓兒本是這樣嘛！

阿濃

昨夜奇夢

華：

我的夢不多，醒來之後能記得的更少，可是我昨晚居然有這樣一個。

我夢見自己駕車正輪候着過一條收費公路，車很多，慢慢地向收費站流去。

可是忽然所有的燈光熄了，流動的車輛停了下來。有聲音從一部流動廣播車上發出：

「各位駕車人士注意！各位駕車人士注意！因為電力系統出現故障，收費站暫停開放，我們會加緊搶修。趁這黑暗的片刻，請大家欣賞你頭頂的星光。」

放是所有的汽車熄了引擎，熄了車燈，四周暗了下來，我一抬頭，看到一片燦爛的星空。啊，久違了的星空！北斗、獵戶、仙女、天琴……還有流星呢，在藍寶石般的天幕上留下一道道光痕。

這真是一個美麗的夢，它的美麗不但因為出現了一個燦爛的星空，和那些頑皮的流星。它最大的美麗是收費公路站的工作人員之中，竟有這樣的雅士，懂得叫大家欣賞頭頂燦爛的一片。

阿濃

不曾退化的

秀：

隨着年齡的增加，我的耳朵漸漸漸退化了。窗外下雨了，遠處有雷鳴，都是孩子們先聽見。黃昏時到公園散步，孩子們聽到多種蟲鳴，我只能聽到一兩種，因為我接收的頻道比他們狹窄。

我的眼睛也漸漸退化了。沒有眼鏡的幫助，遠的看不清楚，近的也看不清楚，美景也好，美人也好，都是霧中看花。不但看不清楚，而且看得慢，那就錯過了許多一縱即逝的珍貴鏡頭。

我的味覺也漸漸退化了。小時候樣樣東西都好吃，我想那是由於味蕾的感覺靈敏。如今真的覺得好吃的東西愈來愈少，有時使燒菜的人感到沮喪。

我的嗅覺也漸漸退化了。從前園子裏有什麼花開了，甚至家裏剛才有誰來過，都瞞不過我。如今廚房裏有什麼燒焦了，也要很遲才知道。

只有心的感覺似乎沒有變鈍，還是那樣的敏感和善感。我對許多事情有預感，對許多事情反應快捷。我能夠從別人普通的言詞中，知道他心中正在想什麼，甚至知道他跟着會説些什麼。這不是什麼特異功能，而是寫作人特有的一種訓練和能力。由於有了這種能力，有時我能比別人看得更清楚，聽得更清楚，因為心靈的感應更能直透人心和事物的裏層。秀，我將努力保持這份心靈的敏感。

阿濃

車上的臉

梅：

下班的時候坐在巴士上，車很擠，我幸而找得一個座位。

我將車上的乘客，逐一看了一遍。除了背對着我的之外，我發現一張張都是疲乏的，不快的臉。

是因為工作了一天的疲勞吧？再加上擠迫的巴士裏的環境不舒適，因此大家都變得這麼的帶着愁容。

我在人隙中看到了這輛車的司機的臉，他也皺着眉頭，一臉的不耐，這是因為路面很擠塞，他要逐寸地前行吧？

或許除了這些表面的原因，車上的人還有其他種種的不快：工作不順利、生意難做、功課太難太多、考試不及格、夫妻間鬧得不開心、兒女不聽話、老人家囉嗦，健康又出了問題……

我幻想什麼外星人來到地球，把整架巴士攝取了去做樣品研究，或許會得出一個結論：這個星球上有一種名為地球人的生物是不快樂的，心事重重的。想到這裏我不覺微笑了，玻璃窗上我看到它跟周遭是如此的不調和。

阿濃

艷陽天氣

嘉：

重遊溫哥華，陽光明麗，花木繁茂，與前年聖誕節來時光景，恍若兩個世界。那時陰雨連連，天又黑得早，下午四時已如昏夜，加上不時捲來的濃霧，頗有地獄景象。不禁慨歎上天對人最為公平，給你幾個月惡劣天氣，便送上半年以上好天氣作為補償。冬季天黑得早，如今則晚上九時仍然天色明亮。

今午遊士丹利公園，也是再度來訪，與上次來時最大的不同是花多、人多。據説這季節的花已不及春天，卻仍是滿目萬紫千紅。公園範圍廣闊，遊人雖多亦不覺擠逼，只是幾個大停車場都泊滿了車，可以知道到遊者不少也。

園內多參天古木，而綠草如茵，任人坐立。乃偃臥於草上，仰觀晴空湛藍一片，雲朵亮白勝雪，真的使人心曠神怡。閉目靜享此悠閒片刻，不遠處傳來一中國樂手用二胡奏出的世界名曲，一時不知身在何方，但知這一刻平靜滿足，再無他求。整年忙碌如你，也當抽暇來此一嘗閒滋味也。

阿濃

秋葉·流水

華：

生活中雖多困擾和憂思，卻仍有空間與大自然溝通。這些時沒有一天不讚歎秋葉之美，從鮮嫩的黃到血一般的紅，中間是數不清的褐和赭，五彩斑爛，難以名狀。尤其是陽光斜照時，那豐盛之美，更勝於春花。

樹下已滿是落葉，踏上去發出碎裂的聲音。我想對它們説的是：朋友們，在從生命所維繫之處飄落之前，你們以最燦爛的面貌向這個世界微笑，然後悄然墜下，化為養料，滋潤母體，這是多麼的情濃，又是多麼的灑脱。

在園中收集落葉時，聽到身旁小澗中流水響得甚歡，這定是一年之中，澗水最豐盛的時刻。它們好像在呼喚我：「喂，為什麼不來跟我們親近親近？」

它們的確經過很長的旅途，才來到我的園中，然後又匆匆而去，流向大海。

我經不起它們盛意拳拳的招呼，反正穿着長靴，便一步步踏進澗中。流水從我腿間流過，清冷的感覺透過長靴，給我從雪山上帶來的涼意。那迴旋流動的水是如此清澈，我忍不住在掌中喝上一口，那清冽從牙齒一直進入臟腑。我成為它們旅途的一部分，真好！

何日來此與我同嘗此清冽？

阿濃

林間

華：

每天清晨的繞湖之行，有一半路程在林間。

筆直的樹幹大多有五六十呎高，一棵棵爭着出「人」頭地，努力向上。

陽光斜射樹幹，使林木更具立體感。當我站在看不到盡頭的林木中間時，覺得自己已成為它們之間的一員。而那種壯美的感覺，是看任何立體電影都無法獲得的，因為那不是虛像，而是可以隨手撫摸的實景。有時林間瀰漫着薄薄的霧，陽光透過林隙穿過霧氣，成為光束，一條條的光束，那是天然的舞台激光。

樹木也有它們的自然死亡，林間不時看見橫倒的「屍骸」，漸漸腐爛成為泥土的一部分。但往往從那衰朽的軀幹上長出新的幼樹，充滿新生命的幼樹。

林中的動物不多，除少數幾種鳥兒不知躲藏在哪裏啼叫之外，我們只見過松鼠和鹿。看見鹿使我們驚喜非常，牠從容地在我們的前面緩步。五分鐘後才走入樹叢不見了蹤跡。

昨天偶然看見路邊一棵楓樹上，成千塊楓葉紋絲不動，因為沒有風，其中卻有兩塊不停地大動作搖擺，甚為怪異，今天再經樹下，兩葉搖擺依然，想是氣流造成。執筆至此，不知它們有機會休息否？

阿濃

異鄉女子

梅：

星期天經過香港島的中區，從兵頭花園到皇后像廣場都是菲律賓女子的世界。

她們圍坐、她們閒談、她們唱歌、她們吃東西，愉快得如嘉年華會的聚集。

大部分都很年輕，離鄉背井怎能沒有鄉愁？不約而同來到這星期天比較悠閒的區域，看看親切的同胞臉孔，聽聽愉快的鄉音。

當然也可以互相訴訴苦，談談思念家人的難過心情。還可以搞個街頭的小派對，為同是異鄉人的姊妹慶祝生辰。

我絕不會覺得她們人太多太擠，佔去了香港人的空間，在假期讓她們輕鬆一下只會對工作有利。穿得漂漂亮亮的來，依依不捨的回去，説明她們熱愛生活、重視鄉情。我對這種情懷表示尊敬、表示欣賞，我覺得帶來的一些不便也值得諒解。只要想像一下身處異地的是自己，就不會有可厭的排外情緒。

阿濃

擁抱

荃：

小別重逢，我們自然地擁抱了一下。

擁抱是人類美麗的身體語言。

很小很小的孩子便渴望被人抱，沒有人抱便哭，有人抱便笑，便甜甜的睡。

在一些孤兒院和殘障兒童院舍中，當有客人來探訪時，兒童會伸出手來，希望客人抱抱他們。

在一些難民營裏，有許許多多渴望被抱的孩子，他們排起隊來不是輪候食物，而是讓人家抱一抱他們。

愛戀中的男女，在手拖手之後，便進入可以相擁的階段，那是互相盼望身體有更緊密的接觸，當他們這樣做時，有無比的滿足和幸福的感覺。

擁抱這動作的美麗還在於它不限於愛情親情，一羣為同一個好消息而歡呼的人，即使並不相識，也可以相擁在一起。志同道合的朋友在完成一件艱苦的工作之後，相擁歡呼哭泣更是平常不過的事。

家人之間可不要等到機場送別時才懂得擁抱，夫婦間相擁看電視，孩子放學回家抱一抱，丈夫出門上班抱一抱，甚至好朋友來探訪時抱一抱，都是很舒服很美麗的事。

我不反對政治家們見面時熊抱一下，但希望他們出自真心，如果抱的時候心中盤算着怎樣鬥臭鬥垮對方，那是污辱了這個美麗的動作。

下次我們見面，讓我們再次擁抱。

阿濃

躲他三五天

阿韻：

你說：最好什麼也不做，找一處的僻靜的地方曬太陽、發呆。

我跟你有同感焉，可惜最近沒有什麼長的假期，而離退休的日子尚遠。

或許這是一種工作厭惡症的徵兆吧？當我們面對過量的工作或棘手的工作時，就會發出這樣的喟歎。

而這樣的暫時的逃避，也的確有其需要。那過緊的弦需要鬆一鬆，過勞的肢體需要歇一歇，長期不足的睡眠也須要補一補。

或許這樣的「休息」也要早為之謀，聖誕節假期我需要為一個兒童文學交流會忙碌，或許農曆新年假是最適合的日子。

今天起要把那些日子保護起來，什麼工作都別答應。如今開始物色一處人跡罕至的地方，要有海、有樹、有鳥、有沙灘、有太陽，讓我們約幾個老友去躲他三五天！

阿濃

備用的日子

雅：

近日愈來愈懂得一個道理：要為自己留下一些備用的日子。

就像四個輪的汽車，總得攜帶一個輪子作為「士啤」。

我認為最理想是一半一半，好像這個星期六有了工作的約會，下一個星期六最好空出來。星期天的晚上也要做事已經不該，早上和下午的空檔便要保留。

雖然這樣做，有時還得硬一硬心腸，明知對方失望也要說愛莫能助。

這因為你總得留下一些時間給自己家人，這是他們的權利，不可完全剝削。

這因為你的精神體力也要給時間恢復，最好的金屬也有彈性疲勞。

這因為生活中還有許多突發事件，留下一些時間的空隙才有調動的餘地，否則只要有什麼小小的意外，便搞得自己顧此失彼。記住呀，記住！從今開始要努力學習說 NO ！

阿濃

小舟從此逝

梅：

近來實在太忙了，除了工作還是工作。

讀書的時間沒有了，聊天的時間沒有了，看戲的時間沒有了，最後是連睡覺的時間也愈縮愈短。

每天都收到大疊的聖誕卡，不知哪一天才有時間回寄，連拆信的時間也差點沒有了呢！

就拿這封信來說，真實的信沒有寫，卻作為寫稿任務，先發表在報紙上了，相信你是會讀到的。

我知道這樣的忙碌對我一點好處也沒有，近來蘇軾的半首詞，老在我心中縈迴：「長恨此身非我有，何時忘卻營營。夜闌風靜縠紋平，小舟從此逝，江海寄餘生。」

這正是一種逃跑心理，就因為「此身非我有」的痛苦，想從這世界上突然消失。

我想：不久該是我退出江湖的日子，沒有決定的是緩緩地淡出，還是突然的銷聲匿跡，或許後者是更有趣的一件事。可惜東坡只是想想而已，我也只是想想而已麼？你猜！

阿濃

工作篇

共享與永享

良：

當我們有失時，痛惜之餘不禁想：如果當日我不曾獲得，便毋須忍受今日失去之痛。

驟然看來，似乎有理，不結婚又怎會有離婚？沒有兒女又怎會有牽腸掛肚之痛？不曾擁有財富，就毋須擔心別人覬覦搶奪。不養貓養狗便不會因寵物的失去而傷心。

不貪多務得是好的，為怕失去而逃避獲得卻是十分消極的人生。

我們要學習的是把那些「得」變成永久，沒有人能把他們奪去。

一是讓美好的情意永留心中。親人也好，朋友也好，寵物也好，因為種種的原因，暫時甚至永久不能同在一起，但那份情卻可以歷久彌新，永誌不忘，這份得着，又有誰能奪去？

有許多美好的感情是別人終生未曾得着未曾體會過的，甚至對他們說，他們也無法明白、無法想像，而我們卻的的確確實在擁有過，這難道不是一種永恆的福氣？

二是把個人之得化為眾人之得，那就更像買了保險，再毋須患得患失了。拿我們寫作人來說，創作了一篇文章、一本書，如果能夠進入讀者心中，那便是作者之得化為讀者之得。即使這本書有一天斷版不再印刷，文字的生命仍在讀者心中延續，生命力愈強，其延續愈久。這種個人之得與眾人之得的轉化在許多事工上都做得到，其喜樂既能分享亦能永享。

阿濃

無菌世界

貞：

電話中你告訴我：又要辭職了。

這是兩年裏的第三次。

這份工作才做了兩個多月，你頗喜歡，可是由於人事關係不理想，你受不了，決定一走了之。

老闆雖然對你不錯，但頂頭上司卻處處與你為難，給西瓜皮你踩，你不想長年累月處於防備姿勢，覺得這樣做人很是辛苦，倒不如辭職回家帶孩子，橫豎不做也有飯吃。

我覺得你的決定未免消極了一些。出來做事不要寄望有一個「無菌世界」，讓你無憂無慮專心把工作做好。要把應付人事問題作為工作內容之一，有面對的心理準備。

你自動辭職，豈不是便宜了對方？你要有堅持到最後一分鐘的韌力和勇氣。人把你當眼中釘，好，我就做眼中釘，讓那些小人不那麼舒服也好。請堅持下去！

阿濃

庸才上司

阿祖：

不止一次你打電話來説：氣死人了！昨天你更嚷着説辭職不幹，要我幫你留意看有什麼適合的工作。

的確，一份工作是否值得我們為之盡心盡力，不但要看工作的意義，薪金的多寡，還要看你有怎樣一個上司。

上司精明，上司厲害，都不要緊，最怕上司是庸才！

你有多高工作熱忱，有多好的工作計劃都沒有用，他不重視，因為他沒有欣賞的能力；他不支持，因為他認為多一事不如少一事，做多錯多，不做不錯；他冷冰冰的、慢吞吞的、婆婆媽媽的、拖拖拉拉的，把一個好時機錯過了。

他還妒忌呢，妒忌你的活力比他強啊！思想比他快啊！辦法比他多啊！你在他下面，不被他壓死才怪。

你不是一個鬥性強的人，無意把他弄下台取而代之，那麼離開他的確是一個恰當的做法，省掉多少煩惱，也早日可以重新獲得發展自己的機會。

阿濃

重新上路

志羣兄：

機場碰見你為令千金送行，她到美國去讀書。

匆忙間你對我表達了對這件事的無奈。你說她從中大畢業，已經有一份很安定，很有前途的職業，偏偏她不肯安分，辭職不幹，要從頭去讀另一個專業。你說雖然學費不用你張羅，家中卻少了一筆收入。

你搖頭說：「現在的青年人，不知是怎樣想的？」

的確如此，同樣的情況我最近見過四，五宗，做家長的都有同樣的感慨。

不知他們是怎樣想的？最好讓他們自己解答。或許他們發現自己當日的選擇錯誤，說不定當日的選擇只是父母的選擇，如今他們發覺這並不符合自己的理想，總不能一生忍受這個選擇的錯誤，趁年輕還可以重新上路。說不定當日的決定是魚與熊掌，如今他們想兩者兼得。讀書求知始終是好事，願他們終於能達成自己的心願。

阿濃

百分之五十一

志文：

跟一位朋友談做事和理想。他提出了一個百分之五十一的理論。

他說我們做事可能有一個崇高的理想，但志同道合的人不易尋，我們還需要其他人的協助。

這些協助的人不一定與你一樣為了文化，為了社會，為了服務大眾，他們有的為名，有的為利，有的為了其個人的目的。可是他們具備了各種完成工作的條件和能力。

那麼不該排斥他們，不該見外，歡迎他們一同來努力，讓求財的得財，讓求名的得名，可是你想做的事亦得到完成，使許多人得益。

要有這樣的容人之量，不要求清一色的君子，清一色的戰士，清一色的奉獻者，只要工作帶來的好處，有百分之五十一掌握在作為主辦者的你的手上，不曾為他人作嫁衣裳，不曾改變了初衷，不曾一無所獲，而是實實在在的完成了一件有意思的工作。記得，能夠得到百分之五十一，已可以告慰自己和天下了。

阿濃

也問收穫

超：

你問我：是什麼支持你可以教學超過三十年，而仍樂此不疲？

我想這不單由於個人的興趣，那成功感也是很重要的。

「只問耕耘，不問收穫。」不能單從字面來解。如果多年耕耘而毫無收穫，仍然繼續下去的話，只是一個徒然浪費光陰的大傻瓜。

我相信這「不問」的意思是「不計較」，不計較多少，不計較一時的有無。如果自始至終都交了白卷，定是工作目標、工作方針、工作方法出了問題，便得快些檢討改正，不要再枉拋心力。

對我來說，那「收穫」是很重要的，這收穫不是個人的名利（教書也教不出什麼名利來），而是自己的教學成績。這成績非指有多少個學生進了大學，或是成為社會名流，而是他們還記得你的教誨，知道怎樣做一個善良、正直、有用的人。

這對我是最大的支持力量。

阿濃

與眾不同

敏兒：

你經歷的我也曾經歷過。

帶學生去旅行，你跟他們一塊兒玩遊戲，一塊兒吃東西。

孩子們對你說：「Miss，原來你可以玩得很癲！」

當大家跟拍照時，有兩個拖着你的手兒，倒有點像親姊妹一般了。你說：這不是你的第一次。

可是你有點擔心，因為別的同事並沒有跟學生在一起，他們坐在樹蔭下聊天，打毛衣。

當你去到他們中間時，有人說：「後生女是不同的，可以跟細路一齊癲！」

你不知道這句話是褒是貶，不過當時你心裏想：其實你們也可以跟孩子們玩在一起，只要你們願意這樣做。

你問我這樣做會不會太與眾不同，影響了與同事的友誼？其實我們做自己覺得應該做的，毋須太理會別人的觀感，只要你也尊重他們的選擇，相信不會有什麼問題，放心吧！

阿濃

修養篇

看不起

各位年輕朋友：

「寧欺白鬚公，莫欺鼻涕蟲。」

一向不敢看輕年輕人，因為他們的確前途無限。不過我對某些青年人是看不起的，因為知道他們屬於沒出息一類。

我看不起不肯學習的年輕人，年輕人可以對讀書不感興趣，可以學校考試不及格。但至少肯努力學習某種技能，唱歌也好，打球也好，烹飪也好，做戲也好，只要是正當行業，行行可以出狀元。如果什麼都不肯下苦功，知難便退，定屬庸才。

我看不起自私的年輕人，事事只顧自己，從不為他人着想。為了私利，他可以出賣一切人。這種人即使有短暫的飛黃騰達，遲早會身敗名裂，為眾人唾棄。

我看不起不誠實的年輕人，說謊騙人，弄虛作假，不肯踏踏實實做工夫，老是想取巧走捷徑。可是騙得一時，騙不了一世。欺騙的手段暴露之後，他會變得一無所有。

我看不起刻薄寡恩的年輕人，他們受父母師長之恩培育長大，卻從來不知感激，當然也不會有圖報的心。這種人連做人的資格也沒有，我根本鄙視他們。

我看不起意志力薄弱的年輕人，經不起少許挫折，便一蹶不振，消極頹廢，甚至自尋死路，這種人怎會有什麼成就？

但願你不是我看不起的其中一個。

阿濃

識相

輝：

有一個有趣的詞叫「識相」，意思是要了解對方的心境態度，如果對方心情欠佳，正處於惱怒之中，分分鐘想找人發洩，你最好便不去惹他，免得惹上無妄之災，被噴得一臉的屁。由於心情惡劣的人多少總有個樣子（相），你看得出（識），便可避開此「劫」。

誰不想識相？可是「相」豈是容易「識」的？每天接觸的人這麼多，哪有時間逐個去細意揣摩？有些人即使很惱怒，也不一定臉紅脖子粗，也不會像惡犬虎虎作聲，他只是呆呆悶聲不響。你運氣不好，惹上了他，受到無禮對待，只能算你當黑。

或許你可以以其人之道還治其人之身，他要你識相，你也要他識相，脾氣比他發得更大。這或許反而能使他回復正常。可是怒能傷身，你的一場發作，說不定會惹來一場胃痛。

難怪有人經常擺出「生人莫近」的姿態，他們是要人識相，而自己從不準備去識別人的相。

阿濃

何妨大方些

冰冰：

你說自己小器，許多事都放不下，沒法不與人計較，雖然事後也會覺得無謂，當時卻未免過分認真了。

冰冰，年輕人大多如此，中年、老年也不是個個能看得開，愈老愈在小事上執著的大有人在。

我想舉一個「老套」的例子談談這個問題。

韓信*受胯下之辱的故事你是聽過的，當時他能夠下得那口氣，不與市井流氓計較，是因為他胸中有大志。既然人生有一個崇高的理想，就不會在小事上看不開了。

韓信後來建功立業，回到故鄉，不但沒有跟那些流氓算帳，還把那頭頭找出來，加以封賞。所謂「大人有大量」，是因為他已獲得他所追求的，更加不想在過去的小事上爭勝負了。

如果我們對人生有美麗的、豐盛的追求，並且有信心去完成，甚至看到目前的收穫已不少，我們就容易對那些小事說一聲：「這算得什麼！」

阿濃

* 韓信：本是窮困平民，及後輔佐漢高祖劉邦得天下，用兵才能著稱。惜因功高震主，引起猜忌，以謀反之名被處死。

可親特質

阿勇：

一個人是否可親，見一次面便知曉。可親的人都具備幾種可親的特質。

一有親切笑容。不笑的人冷，會笑的人暖。人家見他笑得如此自然親切，自會樂意親近。

二能縮短距離。他不會隔着一張大桌子跟你講話，不會坐得高高在上。哪怕他是大人物，也會拖着一個緊張小孩的手，跟他坐在一塊兒。

三懂解除緊張。他會問一兩個簡單有趣的問題，他會找到一些稱讚你的話題，他會開開你或他自己的玩笑。緊張的氣氛在不知不覺間消除。

四肯採取主動。不是別人問一句，他才答一句，他會主動向你提一些問題，而回答你的問題時也不一味打官腔，是有人性的對談。

五能了解別人。知道你的心情如何，知道你為什麼緊張，他便不着痕跡地疏導化解，使你變得輕鬆寫意。

六有新鮮活潑的幽默感，隨時隨地博大家一樂，沒有人感到難堪，他嘲弄得最多的是他自己。

具備這六種可親特質，不論見什麼人，處什麼事，在什麼場合，都會吸引一些人到他身邊，哪怕只見過他一面，下次一見他便會覺得高興。

阿濃

小人舉手

某某：

那個晚上，我在中大聯合書院迎新營的「夜闌人靜」節目中講「君子之道」，講完之後由同學提問。一位同學問：

「世上以小人為多，做君子會不會很孤立、很痛苦？」

我說：這「以小人為多」只是一個假設，不信讓我們舉手看看。於是我說：「請自認是小人的舉手？」結果我看到兩隻手舉起，其中一隻便是你的，這引起了哄堂大笑。

當然我這樣做只是一個玩笑，真正的小人更懂得以君子的面目出現，你的坦承可能是故意配合我的玩笑的另一個玩笑，不過不排除你自覺心中有許多小人思想，毋須隱瞞也並非羞恥。

我欣賞你的坦率和勇氣，其實這已是做君子的兩個重要條件。但我更願意看見你敢於跟心中那些不乾淨、不美好的東西作戰，當有人問誰是君子時，你也有舉手的勇氣。

阿濃

後悔

業：

我是個做事絕少後悔的人。

因為我在決定做一件事之前，必定作了基本的考慮：這事該不該做？

如果是該做的，我做了，是盡了我應盡的責任，有什麼需要後悔的？

成與敗，是做事的兩個可能結果。做事當然盼望成功，但失敗的可能性也在估計之中。失敗了，只是其中一個估計實現了。要接受這個事實，汲取其中經驗。何況成與敗不能截然分界，這次的敗可能只是「成」的中途站，再多敗一兩次，那便「成」了。因此又何須為一時的失敗後悔？

或許你會問：最怕是考慮不周，把不該做的事當做應該做的事，錯誤地做了，那就後悔莫及了。

是的，因此考慮做不做一件事，不能單從個人的利益出發，為了私利，容易有所蒙蔽，便會作出錯誤決定。做之前，誠懇地回答自己：這件事對社會有益嗎？答案是肯定的，那麼錯也錯不到哪裏去！

阿濃

給「怪人」

怪人：

來信自稱「怪人」，其實你哪裏算怪？只是做人行事，與周遭的人不同罷了。

如果我們中間出現一個三隻眼睛的人，我們會視他為怪；可是我們進入三眼人國家時，他們何嘗不視我們為怪？

你說「怪人」的稱號乃同事所賜，你一共服務過三間公司，卻獲得同樣的別名，你說：「不由得自己不相信是怪人一名了。」

你也分析過自己之所以被視為「怪」的原因：

一、不參加任何飲飲食食、行街睇戲、賭錢炒賣之類的活動，獨來獨往。

二、不在工作時間聊天、看報紙、吃東西。一坐下來便埋頭苦幹。

三、不對任何人説言不由衷的好聽説話，心裏想什麼便説什麼，得罪人在所不惜。

四、不跟潮流穿衣服，每件衣服要穿破才丟。

你問我對你的「怪」有什麼意見？

你不參加同事之間的一些聯誼活動、娛樂節目或賺錢「遊戲」，這純粹是個人的選擇。我們不必為了改善人際關係強迫自己跟大隊，既浪費時間，又苦了自己。可是同事之間一定有愛看好書的，愛聽音樂的，愛行山觀鳥的，愛下棋的，愛種花的，能不能找到幾位在某一件事上志同道合的？有來有往，而不致把自己孤立成「世外高人」？

你工作時間專注投入，這是好事。但上下午各有一段小休時間用來喝杯下午茶，清醒一下腦子，對提高工作效率是有幫助的。這一點你不該執著。

言必由衷本是優點，同事們會慢慢接受。但把話説得技巧一點，使聽者不那麼抗拒，也還是值得學習的。

不跟潮流穿衣服，儉樸可喜。但在衣服穿破要買新衣服時，卻不妨買得合時一點，讓別人看起來也舒服愉快。

被稱「怪人」，不必介意，但能適當調整，更屬好事。

阿濃

不計較

梅：

我有一位朋友，在一間出版社擔任編輯工作，他編的書質量極高，一絲不苟。

有時一些文化人的飯局，他也會偶然出席，多數是從編輯部直接赴約，手上還拿着一個沉重的公事包。

如今我們已經不再詢問，因為我們從前曾經問過，知道公事包裏裝的是回家做的「功課」。

這世界還有如此不計較的僱員，在公司裏還嫌做不夠，要搬回家去繼續，而且不要求「補水」、補假期。

另外一位年輕的朋友，為了把一份十年期間的香港兒童讀物的內容分析趕出來，捱到凌晨四點才睡，幾小時後又得起牀上班。

這因為他們不把工作只當做餬口營生，他們更重視工作的意義，更重視把工作做好的榮譽感。

這類人是我們社會的重要支柱，他們默默地耕耘、默默地支撐，是多麼優秀的一種品質！

阿濃

兩種人

梅：

這些年你長久跟疾病玩捉迷藏的遊戲。

你自己做過醫護人員，對這種病有非常清晰的認識。它沒有根治的希望，至少目前如此。只能用姑息療法，讓病情暫時得到舒緩。

你不斷重複着一種過程：當你暫時躲過疾病的虐待時，你便放肆地投入工作，做健康人也難支持的辛苦活兒。在一輪衝鋒之後，你又垮下來了，成為疾病的俘虜，要獃在家裏一兩個月，等病魔對你稍為放鬆時，你又會展開新一輪的衝刺。因此，我説你是在玩一種捉迷藏的遊戲。

或許世上有兩種人：一種人老是為自己着想，一種人卻總是先為別人着想。我跟你都屬第二種（這是不必謙虛的）。當別人找我們做一些義務工作時，我們即使已經不勝負荷，卻依然去考慮人家的難處，有時勉強地答應，有時在拒絕之後又自動獻身，這種性子你跟我都是改不掉的了。

無論如何，請千萬珍重！

阿濃

不改初衷

H：

在電視上看到一個介紹你的專輯，使我對你很是欽佩。

你熱衷於為最貧苦無靠的人服務，任勞任怨，有始有終。你為他們爭取過「人」的生活的權利，堅決勇敢，站得最前。

你不在乎收入多少，不緊張自己成家立室，把時間奉獻給最需要幫助的最底層的一羣。

你看盡了人間的醜惡和悲哀，在你心中也有灰色的角落，你說你若干年前曾在一個山頭養過數十頭狗，你說有時覺得跟狗打交道，比跟人交往更為快樂自在，因為狗兒不會使你傷心。

不過你仍孜孜不倦地做着人的工作。從你的説話中知道傷你心的不止是「敵」，還同時是友。

最難得的便是這種受到委屈，感到傷心仍不改初衷的堅持。

看你一臉的正氣，説話充滿感情，使我為香港有這樣美麗的人感到欣喜。謹以此信向你致敬！

阿濃

弄虛作假

寶華：

一個又一個競選成功的人物遇上麻煩，使我有不少感悟。

大概一個人弄虛作假，很少是突然間開始，可能在讀書時已經懂得「出貓」、「偷看」，講大話騙父母的錢，出「蠱惑」佔朋友的便宜，卻又一直相當順利，偶然失手，受到的懲戒又不足夠。

這種人一天一天的爬上去，心愈來愈紅，而由於有了相當的地位，更容易瞞騙人，甚至連自己也瞞騙了，以為自己是無往而不利的「醒目仔」、「叻仔」。

卻不知道這方面你是機關算盡，以為人不知鬼不覺，那方面卻是「天自從容定主張」，要你爬到最高時，才讓你跌下來。

這些遇到麻煩的人物，靜夜自思，大概會感到後悔：如果不是貪心不足，那日子不是已經夠風光的麼？

可惜他們的教訓並不能使別人望而卻步，犯罪的人總以為自己是最聰明的，不會被人識破，此所以同樣的戲仍將繼續上演也。

阿濃

將錯就錯

敏兒：

朋友告訴我一件事很有意思，我寫出來跟你分享。

有一次他們一家走進一家食店吃東西，桌上有印好的食品單，只要在上面寫下你需要的分量，一件或兩件，夥計自會幫你落單。

他們照做之後，送上來的點心竟然沒有一樣是他們選擇的。弄清楚原來要把數字寫在那食品的前面，他們寫在後面，變成右邊另一列的食物了。

他們只得照吃，因為是自己的錯。結果他們發覺這些食物都很好吃，其中兩三樣是自己從來沒有吃過的，這次竟然嘗了新。

他說：別把這樣的「錯」當作錯，甚至享受這種「錯」，是生活得開心的妙訣之一。

他說：有時作好計劃往某處旅行，結果駕車走錯了路，到了一處不知名的地方，別懊悔，別急着去找你本來想去的目的地，就欣賞眼前的一切，說不定比你想到的地方更美，更有趣味。這種隨緣的做法，使心情常保和平怡悅，很少會失望急躁。

他說：或許這也是一種修為，需要數十年的功力。對許多毋須執著認真的事不再執著認真，並不妨礙你對那些應該執著認真的事鍥而不捨。這樣放鬆，增加了心靈的空間和自由度，不但自己活得舒暢自在，連身邊的人也能同享這種寬鬆的愉快。你是一位緊張大師，希望你因這封信活得開心多些。

阿濃

發脾氣

梅：

我有一個發現：人在不開心的時候最容易發脾氣。

人在開心的時候，可以很溫柔、很和氣、很關心人、很慷慨。

人在不開心的時候，卻會變得暴躁、兇惡，甚至不可理喻，把他以前給人的好印象都破壞了。

譬如丈夫平日是一個可愛好男人、在公司裏受了委屈之後，回到家裏便可能把氣發洩在妻子兒女身上，忘記了他們根本是無辜的。

妻子平日是一個溫順的女人，因為身體不舒服或是跟家婆有點小摩擦，對丈夫和兒女也便疾言厲色起來。

說來你不信，我的學生在家中受了父母的氣，竟會回來向同學和老師發洩，成為一種連鎖反應。只因為學生的父親在公司裏受了氣，連累我要在學校受氣，甚至我的妻子兒女在家中受氣。

我在努力學習：原諒那些因不開心而發脾氣的人，也克制自己，不在心情欠佳的時候發別人脾氣。

阿濃

智慧篇

鏡中是誰？

阿濃：

我覺得自己是一個被錯誤地分配了軀殼的人，我為此感到失去了活下去的樂趣，有時甚至傻傻地想：不如早點放棄這具臭皮囊，讓來生換回我應得的那份。

我自覺有一個美麗的靈魂，幽雅脱俗，高尚清雋，配合這靈魂的應該是一張眉目如畫的俏臉，一副骨肉均勻的身軀，我甚至可以想像我該是怎麼一個樣子。

可是出現在鏡中的是我望而憎厭的一個庸俗醜陋的形象——眼睛、鼻子、嘴巴甚至耳朵，沒有一處滿我的意，加上又矮又胖，年紀輕輕便有了肚腩，我連多看一眼也不想。我每次都會問：她真的是我嗎？造物弄人，竟然作出這樣錯誤的分配。我知道化妝、更換髮型、keep fit、選擇服裝，對我都不會有多大用處，我的心早已死了。

阿濃，你信不信我家裏只有一面鏡子？

我已決意做一個單身女人，一則知道能接受我這個樣子的男人也不會漂亮到哪裏去，二則不想生下一堆醜八怪孩子來。對我的困擾，你可有什麼高見？

阿英

改變改變

阿英：

我跟你一樣，也不喜歡自己的樣子。可是我從來不寄望來生，因為來生不一定英俊瀟灑，說不定長得比今生更醜，難道又再來一次自尋短見？

不過我倒是贊成一個人把自己不理想的地方改變改變、修飾修飾的，讓自己和別人都看得舒服一點。

化淡淡的妝，至少看上去比較精神。配副好看的眼鏡框，剪個適合的髮型，都足以令你「唔同睇法」。

學會買衣服、穿衣服，不迷信名牌，不盲目追隨潮流，穿出自己的風格來。

矮是沒有辦法的了，千萬別穿過高的鞋子。胖卻可以對付對付，在飲食和運動上下點工夫，首先把那肚腩消除掉，跟着是雙下巴。當體重減輕之後，人也會顯得長些。

我也相信你有一個美麗的靈魂，願你把她變得更美麗、更動人，一種氣質會自然流露，再尋不到一絲庸俗的影跡，努力吧！

阿濃

困在籠裏

阿濃：

做夢也沒有想過遠在他鄉的我，竟會在八天之內收到您的回信，看着信箋竟有一份受寵若驚之感。開心之餘又感到有趣，怎麼叫我做「小妹妹」呢？當然，我在阿濃的眼中仍是小妹妹，但年屆廿一（女人的秘密）的我，已經多年沒有聽過這樣的稱呼了。很多像我這般年紀的女孩子已經很獨立，擁有自己的事業甚至家庭，而我則仍混混沌沌，慚愧又自卑。

您問我因為什麼不開心，我也想過告訴您，但寫了出來又怎樣？是一點用處也沒有的，我不會因此變得快樂。有時執筆寫信給朋友，也很想寫點開心的事與他們分享，然而我真的找不到。究竟是性格造成悲哀，抑或是環境呢？也許我實在太寂寞和空虛了，每天活着仿如沒活，低頭看看自己的影子，也是濃濃的寂寞。二十一歲，我覺得我有權選擇自己的路，但我沒有這樣的能力與機會。我常感到自己好像被困在一個籠裏，又覺得只是生活在一個模子內，努力做着一些別人期望看到的目標而自己經已迷失。生活給我的感覺是無奈，失望與沮喪。

我是不是一個悲觀的人呢？真羨慕旁人可以很樂觀。我以前也不是如此悲觀的，又或者那時尚年少；現在對生命中很多東西都不存任何希望，因為失望得太多太多了，已變成絕望。有些人可以笑得很開懷，而我已忘了究竟有多久沒有真正笑過？

我的確常感到自己是「多餘」的東西。在家，我沒有「家」的感覺，他們對我只像對待一件物件，沒有自尊也沒有感覺。每天我只會聽見責罵的聲音，在家中做什麼也要步步為營。這個「家」，沒有愛，只有「假」。

或者您會罵我忤逆、不孝，不能如此怪責辛苦撫養我成人的父母，您是不會明白的了。我只希望有人能看我作一個人。生我，是他們的選擇，正如我選擇將來不會要孩子一樣。既然是他們的選擇，就應該想到子女終有一日變成一個「人」，而不是處處被牽着鼻子走的一條狗。

人是有思想、有感受，亦有權選擇自己的生活方式甚至生存權利的。

敏

毛遂自薦

敏：

你覺得自己到哪兒都彷彿是一個「多餘」的人，像小學時做除數剩下的餘數一樣。

這想法該如何打破？

請記得：「天生我材必有用」，只看你來信一手娟秀的字跡，已經使人喜歡。就憑這本領已經可以做許多有用的事。我們要謙虛，但我們也不可妄自菲薄。「知己」包括了解自己的優點和缺點；請你想一想，自己可有什麼長處？這些長處又可以做什麼有益之事？不要等另一位劉玄德來三顧草廬，何妨在適當的活動中毛遂自薦？

起碼你可以做義工，這經常需要大批的人，你會受到熱情的歡迎，你會發現自己有能力去幫助需要幫助的人，他們需要你，你絕不「多餘」。

你還可以從義務工作者的圈子中，重新建立你的人際關係，這個圈子的人一般比較正派善良，你會容易找到朋友。在這個圈子中有所歷練之後，有助於你改善與其他圈子的人際關係，你可願意嘗試一下？

阿濃

少一點秘密

冰：

來信問我：怎樣做人可以輕鬆一點？

這是一個可以作長談的話題。雖然我工作繁重，常有吃不消的感覺，可是心境基本上還是輕鬆的。我臉上常帶笑容，筆底流露幽默，吃飯有胃口，晚上睡得好，都是證明。因此，談這個題目還是有資格的。

今天先談第一個方法：做人要少一點秘密。也就是如古人説的：「事無不可對人言。」

我的年齡不是秘密，因為老不是罪過。我就不會為隱瞞自己的歲數説許多的謊，無端增加心理負擔。

我的出身不是秘密，家境貧窮，學歷不佳，毋須瞞人，更可比對出今日的成就殊非倖致。

我以往所做的錯事不是秘密，誰沒有錯過？錯而能改，善莫大焉！

我當然更會努力做好目前，讓自己永遠是一個光明磊落的君子。於是我心中沒有秘密被人窺破的恐懼、隱憂和精神負擔。我是輕鬆的。

阿濃

不背包袱

冰：

今天跟你談怎樣做人可以輕鬆點的第二個做法：不背包袱。

假如一個人思想上背着大大小小的許多包袱，叫你如何輕鬆得起來？遲早會被壓垮，變成精神崩潰，過着煉獄一般的生活。

我們要學會不背包袱，已經背上的也要一個個丟掉。

包袱種類很多：

如歷史的包袱。過去的光輝歲月，始終不能忘懷，比對出目前的處境，老覺得淒涼寂寞。過去的恩恩怨怨，還在心中糾纏，怨人和被怨，徒添無謂的煩惱。

如名利的包袱。求名是虛榮心重，過分的渴求，反而搞得自己形容難看；求利是貪多務得，永不滿足，反而成了金錢的奴隸。

怎樣才能丟掉這些包袱？我想是要認識生命的真正意義，許多東西你便會放下，而感到輕鬆了。

阿濃

雨天更好

梅：

下面這番話，我不止對一人説過，那聽得進去的，大多表示受用，希望你也能從中得益。

我認為要養成一個好習慣，那便是多欣賞生活中的「得」，而不是一味為失去的惋惜、歎息。

這智慧是我從一個小女孩處學得的，她羨慕我已經活了五十多年，這事實是沒有人能改變的，我已實實在在獲得了五十多歲的生命。她羨慕我，是因為她不知自己能獲得多少。

假如我一味慨歎我已失去了五十多年的生命，而來日無多，我的心境又怎會快樂呢？

因此，當我們與好友相聚時，我們便要慶幸得此暢敍良機，別忙着為「明日隔山岳，世事兩茫茫」而悲哀了。

因此，當我們碰着一個雨天，要取消郊遊節目時，最好是立即找一處地方欣賞雨景，要知道下雨天比晴天更為難得，這樣的好日子怎容錯過？

阿濃

破滅

梅：

我也曾有過偶像，但如今，嘗到的是一個個偶像破滅的悲哀。是的，我們知道的是人家刻意讓我們知道的，這其中已經是有真有假；我們不知道的是人家刻意隱瞞的，即使我們事後得知部分真相，但不知道的卻是更多。即使如此，隨着部分真相的揭露，那些偶像已經站不住腳，紛紛在我們心中倒地作片片碎。

如今我的心中除了文學、藝術界的巨匠，仍以他們無可爭辯的作品的偉大使我膜拜之外，中國近代史上，孫中山先生以後的政治家，已沒有一個使我心儀的人。

我懂得了一句説話：人始終是人。某些人把自己塑造成超人，塑造成神，當我們終於把他們看清楚時，他們便會還原匍匐於地，即使他們的塑像仍未被推倒、吊走，他們在人們的心中已被驅趕。這因為他們不但像普通人一般平凡，在他們自我膨脹時，更把他們的弱點、缺點、劣根性也膨脹起來，使他們比普通人更不如，因為那些醜惡的東西是如此龐大、礙眼，無從掩飾。這樣的被騙的教訓太多了，我們再難在心中樹立新的偶像，或許這是好事。

阿濃

三秒

秀：

看學生分兩隊打籃球，當一隊攻進對方籃底時，限時三秒要把球射出，否則球證吹「雞」，球歸對方。

我的孩子看電視，手拿遙控器，不停的轉台。我們對他的欠缺耐性搖頭歎息，他卻無意否認，自承耐性只有三秒。不論是廣告還是節目，三秒鐘內不能吸引他，他便放棄，轉看另一台。

這種欠缺耐性習慣的造成，跟都市人緊張的生活習慣有關，跟有許多選擇的機會也有關。如果一份報刊只有十個八個欄，那閱讀的耐性肯定會比較大。

既然知道都市人的耐性只有三秒至五秒，那廣告和節目製作人，還有專欄寫作人便得接受挑戰，努力把影片和文章的開頭部分做得極具吸引力，讓觀眾和讀者在那幾秒鐘內便被吸引，乖乖地繼續看下去。

除了開頭，後面部分也不敢怠慢，要保持趣味，保持懸疑，保持張力，使觀眾捨不得走開，讓者捨不得放手或轉移視線。

三秒，太殘酷了！但我們要接受挑戰。

阿濃

偏見充斥

敏：

世間偏見充斥，以偏概全的結果，使許多好人受到傷害。

許多人相信女藝員一定經營副業，否則生活怎麼能如此奢華？他們不知道有許多女藝員生活簡樸，作風純正健康得很。

許多人相信賽馬一定有「蠱惑」，但他們仍然要賭，因為他們相信有利用「蠱惑」的智慧和運氣。

許多人認為教師大都不負責，下班之後不是打牌便是炒外匯、炒股票。他們不知道也有以學校為家，以學生為子女的師表。

許多人認為公立醫院的護士態度一定很兇，對病人呼呼喝喝，他們看不到那些服務熱誠、和藹可親的「南丁格爾」。

偏見之產生，當然由於的確存在這樣的事實，人們把好事視為當然，壞事則廣為傳揚，許多人又以耳代目，完全相信了這些惡評。你我都曾受這種偏見之害，但不要灰心，行其心之所安便是，勉哉！

阿濃

背着一個殼

薇：

你盼望接到我的電話，可是你在電話中往往無話可說，要我東一搭西一搭的找話題跟你閒聊，否則兩邊同時沉默着，形成一個不舒服的僵局。

我知道每次收線後，你對自己的表現都很不滿意。你怪自己太緊張、太拘謹，你怪自己不會説笑、沒有幽默細胞，你怪自己不自然、不擅辭令……

我的感覺是你精神上背着一個殼，這個殼把你困在裏面，你想笑，但無法盡情；你想頑皮，但又怕別人怪你幼稚；你想不緊張、不拘謹，卻總是無法自然；你想談笑風生，卻恨沒有這樣的習慣。你的顧慮太多，太計較別人對你的看法。

你也想打破這個殼，卻似乎有心無力。因此常常為此不開心。

找幾個開心的朋友，常在一塊兒玩，讓自己受他們的感染，久而久之，便有進步。找機會讓自己癲一下，甚至「放縱」一下，作為一個突破，有了這第一次的經驗，以後便好辦了。

阿濃

被妒

阿碧：

電話中你告訴我正為別人的嫉妒而煩惱，當時沒時間跟你細說，現在再談談。

你說你每年都會拿幾個獎，校內校外的都有，每次拿獎之後，你就感受到那些妒忌的目光，看到那些不友善的神色。

有些老師比較喜歡你，看重你，選你做代表或擔任主角的位置，每次你都覺得四周出現了敵意。

或許你讀的是女校，或許你的同學大多是資質頗佳又爭強好勝之人，如今風頭給你出了，心中不舒服也是常事。

人不被妒是庸才！有人妒忌你正說明了你不是等閒之輩，就把這種滋味當做勝利的代價之一吧。

可是自滿和驕傲的心卻是要努力消除的。人們對勝利者的要求往往特別苛刻，只要有稍許不謙虛的表現，便會成為罪狀。今後小心一點便是，卻也不必過分介懷。要記得的是：當別的同學有出色表現時，定要誠懇地向她道喜。

阿濃

憎惡

H：

來信有很深的慨歎，説你最憎惡的政治手段，在你工作單位裏，甚至在你家裏，也一樣的上演着。

那麼多的利害關係，那麼多的虛情假意，那麼多的以權謀私，那麼多的反覆無常，那麼多的權術詐謀，那麼多的醜惡表現！

工作單位也好，家庭也好，都是社會的縮影。大社會裏發生的事，在小社會裏一樣上演。

你説你最痛心的是你的親人竟然如同政客，也耍起這樣那樣虛偽的、隱藏不良意圖的手段來，使你連最後一個庇護所也失掉，恨不得即時躲到深山老林去，像「魯濱遜」*那樣過孤獨的生活。

難怪有人類性善性惡的爭論，我們固然不時看到人性善良的一面，但種種醜惡的根性何嘗不像是與生俱來？

你説你連家人也改變不了，幸而不曾立心去改變這個社會，否則遲早會吐血而亡！謝謝你寫信來，至少我還是值得信任的一個。

阿濃

* 魯濱遜：這裏指小説《魯濱遜漂流記》（*Robinson Crusoe*）的魯濱遜，講述了一位海難的倖存者魯濱遜，在一個偏僻荒涼的熱帶小島度過二十八年的故事。

怠惰

萍：

這世界有一類人好像並不算壞人，其實許多事都壞在他們手上。

這類人做事的熱情已經完全熄滅，偏偏處身於各個大大小小輕輕重重的位置上。

他們做事的宗旨是「做一天和尚撞一天鐘」，「不求有功，但求無過」，「多一事不如少一事」。

他們做事的手法一是拖，長年累月的拖下去，使當事者失去了耐心，自動放棄，他又可少理一件。二是推，把事情推往另一個部門或者另一個人身上，如果是官家衙門，有時你推我，我推你，誰也不理，有時是兜一個圈，又回到原處。

碰上了這樣的人，小市民的利益便失去了保障，但覺費時失事，有屈難伸。

最近你購物被騙，在小額錢債庭起訴對方，前前後後碰見了一些該做事而不耐煩做事的人，該有原則而沒有原則的人，甚感氣惱，可是我們除了慨歎之外，又能做些什麼？

阿濃

哭泣的靈魂

玲：

許多人活着並不是真正活着，因為真正的他已經被眾人和他自己合謀「殺死」了，以他的軀殼活着的，其實是另外一個人。

這個「人」使用他的名字，持有他的身分證，但絕不是他本人。

這個「人」遵從眾人的意願做人，父母要他如此如此，於是他克制自己的盼望，做父母眼中的乖乖仔。妻子要他這般那般，於是他改變自己的意願，做她眼中的好丈夫。兒女要他這樣那樣，於是他放棄自己的理想，做他們眼中的好父親。還有上司、下屬、朋友、鄰居……各有對他的要求，為了做眾人心目中的標準好人、乖人，他殺死了他自己，真正的自己，留下了一個軀殼，去扮演一個虛假的角色。他已被視為異類。如果他要恢復失體，再做回他自己，眾人必然以為他精神失常，要強迫他去看精神科醫生，以電擊和迷失本性的藥物，使他變得混混沌沌。

唉，多少人的靈魂只能在暗角裏哭泣！

玲，你能想像這種痛苦麼？

阿濃

怎可開心點？

清：

那天我笑你老是皺着眉頭，你問我做人怎樣可以開心點？

一個行之有效的方法，是對人對事都不要寄望過高。

不期望丈夫永遠對自己呵護備至，婚前婚後都情深款款，那麼結婚之後，他的表現還算及格，也就該滿足了。

不期望兒女名列前茅，十優九優，他能夠年年升班，也就差不多了。

不期望你對朋友情深義重，他會有同樣的回報；只要他度過了難關不再需要你的支持和幫助，已經是足以告慰了。

不期望一投資便大有所獲，能有合理的利潤，已該心滿意足了。

不期望種種的消費都物超所值，花費的和得到的大致相當，已經沒有什麼該埋怨的了。

試試看，能做得到嗎？

阿濃